完美的背后

高安侠 著

国当代名家

精品

必读散文

关注"人",特别是关注身边小人物,

他们的苦痛作者感同身受,

在平静的文字背后暗藏悲天悯人的情怀,充满了个性和智慧。

知识出版社

图书在版编目（CIP）数据

完美的背后/高安侠著. ——北京：知识出版社，
2016.3
（中国当代名家精品必读散文）
ISBN 978 - 7 - 5015 - 8982 - 1

Ⅰ.①完…　Ⅱ.①高…　Ⅲ.①散文集——中国——当代
Ⅳ.①I267

中国版本图书馆 CIP 数据核字（2016）第 040824 号

总 策 划　张海君　李　文
执行策划　马　强
责任编辑　梁嬿曦　马　跃
封面设计　君阅书装

知识出版社出版发行
地　　　址　北京市西城区阜成门北大街 17 号
邮政编码　100037
电　　　话　010 - 88390732
网　　　址　http://www.ecph.com.cn
印　刷　厂　河北锐文印刷有限公司
开　　　本　1/16
印　　　张　12
字　　　数　180 千
印　　　次　2016 年 3 月第 1 版　2018年11月第2次印刷

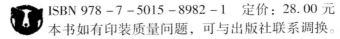

ISBN 978 - 7 - 5015 - 8982 - 1　定价：28.00 元
本书如有印装质量问题，可与出版社联系调换。

目录 CONTENTS

邂　逅

　　清晨，凉爽的风从窗外吹进来，白色纱帘一鼓一鼓，我坐在桌前喝牛奶，忽然觉得手臂上痒酥酥，原来，一只小甲虫不知什么时候"空降"到我的手臂上。

　　这是一只漂亮的瓢虫，圆溜溜的身子，有黄豆那么大；红艳艳的两枚翅膀上点缀着几粒黑星星，显得很俏皮。我猜不着它为什么孤身一虫，是旅游？探险？还是因为……失恋？原谅我一下子就想到这里，昨晚上看了一个爱情片子，害得我掉了不少眼泪。就是这个样子，我们已经在生活中找不到爱情了，只好在别人的爱情故事里掉自己的眼泪。

　　我记得上学时老师讲过瓢虫分益虫和害虫两种，可是怎么区分，我却一点儿也想不起来了。真后悔念书那会儿上课不好好学习，影响到连这只小瓢虫是"良民"还是"刁民"也分辨不出来。可这并不要紧，我一向不以出身论英雄。反正它很可爱就行了，它的出现让我一下子感到一种无可名状的喜悦。

　　小瓢虫在我的手臂上费力地攀爬，我一贯自认十分光滑的两只"玉臂"在小瓢虫的参照下简直"杂草丛生""枝柯纵横"，它简直是在"原始森林"里探险！活像当年哥伦布刚刚踏上美洲大陆。纤细的足"披荆斩棘"，踉踉跄跄地前进着，有时一脚踏空，整个身子都翘起着几乎翻倒。我看它实在艰难，就把右手的大拇指放在它前面，果然它见了救星似的，轻快地爬上了这只"诺亚方舟"，手指毕竟光滑多了，小瓢虫前进的速度快了许多，像一辆漂亮的迷你小轿车从乡间小道驶上了高速公路。

　　我忽然想，来的都是客，既然上了门，我理应热情招待，略

尽地主之谊。譬如，家里来了客人，我就要给客人沏茶倒水再削一只苹果什么的，可我却不知道小瓢虫的口味，应该拿什么去招待它呢？想一想就把牛奶滴一滴在手心，等它前来啜饮，没想到它高贵而矜持地从这滴"巨大"的牛奶旁走过，连眼皮儿也没抬一下。都怪我上学时没学好生物课，不知道这小瓢虫的口味。忽然想起我的同事用饼干屑喂孔雀鱼，几天工夫就长得肥头胖肚，跟腐败分子似的。我就放了一块饼干屑在它面前，哪知它吃了一惊，像半道上遇到强盗似的，吓得夺路而逃，一直逃到中指指肚上。想想也对，这一块饼干屑在小瓢虫的眼里简直是一只巨大而丑陋的怪物呢。

巴掌的面积毕竟太小，小瓢虫兜了几个圈子之后爬行的速度就慢了下来，大概觉得没什么好玩的，熟悉的地方没有风景，就开始向我的手臂爬去，我考虑那里"植被"太过稠密，不便于"旅行"，就把手掌靠在床帘上，它好像知道我的心思，很默契地径直爬上了布帘子。

这布帘子大约四平方米大小，上面开满了各式各样艳丽无比的花朵，小瓢虫必将在这片"广阔天地"里大有一番作为。它爬得很快，一会儿工夫就爬了好远，忽然，它停了下来好像在思考什么问题。

"一定是方向问题。"我想。

看来"往哪里去？""该怎么走？"不仅仅是人的苦恼。

待了一会儿它竖起两枚漂亮的甲壳想要飞走，犹豫了一下又收拢——它决定继续往上爬。

夹在布帘顶端的夹子穿在一根细铁丝上，这回小瓢虫可真的是遇到"虫生大事"，彷徨着不知该进还是该退。

我仰着头看了半天，脖子有些发酸，刚低下头活动活动再仰头看时，它已不见了，我以为它爬到帘子的另一面去了，看看没有，哪去了呢？忽然，它出现在细铁丝上，在表演着高空走钢丝！原来我的小瓢虫还有这一手！

只有我一个人在底下笑着，为它拍手，它动作潇洒而娴熟，全然没有电视上杂技演员那份小心翼翼一脸紧张的样儿，并且速度很快。忽然它掉下来了！"一失足成千古恨"！我一惊，忙伸手接，不料它跟我开了个玩笑，它耍了个花样，从钢丝下面反着走，然后再爬上去再掉下来，如此三番五次。

就这样，我们两个——唯一的演员在做精彩的表演，唯一的观众在使劲拍手叫好。

桌上的闹钟提醒我快要上班了，我只好恋恋不舍地出门，小瓢虫知不知道有一双欣赏的眼睛一直追随着它呢。

春 天

在北方，春天不是春节之"春"，也不是春分之"春"，节气与她无关，她有自己的时间表。

而春天的降临往往始自于一个细节。比如某一天，当你在散步的时候，不经意发现，向阳的山坡上，那些萎黄的草丛里竟然抽出几丝新绿，在阳光下的星星点点，晶莹发亮。这时蛰居了一个冬天的心浸润着浅浅的喜悦，原来春天悄悄隐藏在这里。"眼波才动被人猜"，像少女，极力隐藏内心的秘密，却怎么也掩饰不住。

抬眼望去，天空似乎比以前明媚了许多，阳光也和煦了许多。然而春天却没有来，山还是枯黄的，风里含着飕飕冷气。

在等待春天的日子里，我们还要耐心。

在昼与夜的交替里，一切在悄悄变化，忽然有一天，发现街道两边的垂柳似乎在一夜之间绿了。柳丝儿又柔又长，像女子飘逸的长发，柳叶像纤细的逗点，透着若有若无的淡绿。再过几

天，柳枝儿上的小逗点儿又变成了兰花指，仿佛在指点着春天里的无限风光。

春天到底是哪一天来的呢？却叫人怎么也想不起来。

不知不觉的，春天的感觉渐渐浓起来，远望春山，娇黄的迎春花开了，明亮的黄，黄得开朗；绯红的山桃花也开了，鲜艳的红，红得任性；她们抢在绿色铺天盖地之前占尽春光，出尽了风头。山坡上的人家，泥墙上方斜斜伸出一枝白色的梨花，粉妆玉琢的，似乎不甘心被关在墙里。在春风里招摇着，好像怀春的女子期待着一场风花雪月的爱情。

路边野地里的三叶草，不知不觉的已经茂腾腾蹿起来，就像半大小子蹿个子似的，几天不见忽地又长高了一截；好像顽皮的孩子抢占地盘似的，一大片，一大片，起起伏伏，挨挨挤挤。三片绿中带灰的叶子支棱着，圆圆的，猫耳朵似的，静静谛听春天的动静。

谁没有属于自己的秘密呢？连路边的小草也有——我实在叫不出它的名字，也没有人知道。然而，它实在太动人了，柔软的叶子，细细巧巧，团团围成一个圆形，像孔雀开屏。我想不出是谁给它设计的形状，难道小草也知道爱美吗？

甚至连路边米粒大的花朵都令人惊异于造物主的神奇。一粒粒宝石蓝的小花，散落在草丛里，星星点点，像夜空里的星星。深蓝的花瓣，乳黄的花蕊长得一丝不苟，这一年一度的春天里谁肯草草打发呢？每一朵花、每一片叶都在郑重地打扮着自己。仿佛要在这个春天不计成本地挥霍一番。而谁能说不起眼的就不美呢？而蝴蝶也格外怜香惜玉似的，围着它们上下翩跹。

鸡蛋花总是那么喜气洋洋，淡黄的花瓣，简单明朗，像一张盈盈绽放的笑脸。耀眼的花朵在四周三叶草的衬托下显得格外醒目。

金黄的油菜花，像率性而为的女郎，妩媚泼辣，一路迤逦，一路燃烧。耀眼的明黄裙袂，轻舞飞扬，自信妖娆顿时绽放。

而小麦就显得规矩多了，这是农夫调教的结果。一片片方方正正的田地里，小麦齐刷刷，密匝匝，就像列车的兵士，精神抖擞、血气方刚。壮实的躯体里仿佛随时都可以迸发出惊天动地的喊杀声。

院子里的那棵银杏树终于苏醒过来了，不知什么时候也悄悄萌出了叶子，恰似一把把折扇。是胸怀天下的读书人指点江山的那把折扇吗？是才子赠送佳人传情达意的那把折扇吗？小小的折扇被春天的手款款打开，在春天里摇呀摇的，越摇越绿，绿得轻盈透明，绿得优雅精致。

而布谷鸟的叫声也在此时幽幽地传过来，隔了远山近水，隔了静穆的小麦地和馥郁的油菜花。农人在布谷鸟的鸣音里忙碌，诗人却听出了诗意。那是古中国诗词里的闲适与情致，也是春天在即将离去之前的一个意味深长的告别。

诗意村庄

我居住的村庄小虽小，却有韵味。乡村特有的宁静平和与城里的丰富物质并存着。

生活在这个富有城市气息的乡村里，人们颇为自豪。早年有个采购员出差外地要住店，服务员问哪里的？七里村油矿的。服务员撇了撇嘴说，原来是从个村子来的。采购员回敬，石家庄还是个庄子哩。

小村庄叫七里村，盛产石油，她的产量远不及大庆和胜利，但她是中国石油的母亲。宋代沈括在此为官时曾著《梦溪笔谈》，预言：此物必将大行于天下。

预言在空中搁置了近千年，自从小山村打下了中国陆上第一

口油井，屈指算来已有百年了。我在这个村庄生活虽然才六年多，可是六年里身上早已渗透了村庄特有的那份乡土气质。

土里土气没有感到什么不好，城市浮华喧闹的背景下反倒见得真诚纯朴。

七里村地处黄土高原腹地，沟壑纵横，油井分散。打井、洗井、采油就得跑很多路，费很多事，可这并不妨碍石油产量的年年攀升。石油人常常是早出晚归两头见星星，有的两口子好几天不能在一起吃顿饭是常事，忙开了，把孩子往幼儿园一送却顾不上接，孩子泪眼巴巴地看大门外爸爸妈妈什么时候来接，阿姨实在等得不耐烦，就领回自己家，晚上跟自家孩子睡在一个被窝里。也有叫苦叫累的，但牢骚一发完，活儿还得照常干，不仅干完还要干好。好容易节假日休息，男人们搬一箱啤酒凑在一起喝酒聊天儿，三句话不离本行，聊着聊着就是什么钻井工艺如何如何，胶连液如何如何……上了小学的孩子学习组词也是"钻井"、"打井"，"抽油"、"采油"，一看就是石油人家的孩子。

本地人有个风俗，端午节须家家户户门前插艾草，据说这样可保一年平安，退了休的老人们一大清早到野外寻得沾露的艾草来，邻里邻居楼上楼下给插遍。贪睡的年轻人上班出门，一抬头便发现自家门上插了艾草，边走边寻思着是谁给插上的。

春节更是如此，放了假，年轻两口子走婆家的，走娘家的回去过年，不知是谁又会写了对联贴在他们的家门上，红艳艳地点染着春天的喜庆。

记得一个冬天的早晨，西北风刀子似的割在脸上，丈夫大清早出门洗井去了，我独自抱着患了肺炎的孩子上医院。半路上嘎的一声，一辆拉油车停在身边，跳下一个老司机，一身工衣油渍渍的。

"娃娃病了？"

"嗯。"

"上车！"

到了医院，我还没来得及说个谢字，他已忙着上路去拉油了。

小小善举，使我一直记在心里，总想见了面和他打个招呼，可怎么也想不起他的长相。每个司机都好像是，但又不是，于是，面对每一个工人师傅满怀敬意，同时也懂得心存善念。

在这个村庄这样的事天天有，用不着奇怪，早已习惯这份人与人之间质朴本分的友善。

因为村子小，人们彼此熟悉，见了面彼此"狗娃，三宝"以小名相称，以示亲热。谁家的老人叫什么，谁家的孩子上了大学，谁家的娃不学好天天泡网吧……了如指掌。整个与北方最普遍的村庄没什么两样。

有人说七里村的石油人有股农村人气息，不错的，那就是平和而谦逊。也有人说七里村是城市，可她却没有城里的忙乱繁杂。街道上不时有衣着入时，婀娜多姿的女子飘然而过。等上了工，她们会工衣工裤手脚利索地爬高上低收油、过磅、化验。下了班回家，家都是三室两厅的楼房，装修得高雅而有品位，钢琴和电脑已是石油人家里的寻常东西。

如今的孩子比他们的爸爸妈妈灵得多，学什么都快。这家的孩子有模有样地弹奏《土耳其进行曲》，那家的孩子却在上网聊天，和千里以外的什么人聊个不亦乐乎，不几天成了朋友。

从此家里电话不断，大人们烦了，小孩子振振有词："老师都说了，有朋自远方来，不亦乐乎。"大人们摇一摇头："嘿，儿子比老子有学问。"当奶奶的说："我的孙子将来也出国，老刘的儿子听说在美国，咱们就上联合国！"

因为七里村已有百年历史。外人说起她，总以为她老得像个白发飘摇的老人，可是见了才知道，这个老矿处处都有先进的设备，扩建的厂房，新盖的居民楼。看不出任何苍老的痕迹。

当然，漂亮的楼群里头最出色的还属学校，新铺的水泥砖操场，干净雅洁，楼前楼后的小花园里各色花卉开得分外灿烂，但

不见谁摘花摘草。这个仅仅只有两座教学楼的小学校，有图书馆、电教室、语音室、电脑室、音乐室、物理化学实验室，甚至每个教室里都配备了电视、录音机、VCD等教学设备。早几年，人家的孩子上了大学还觉得稀奇，如今不行了，上大学的孩子越来越多，谁也不觉得有什么，不过谁的孩子上了名牌大学大伙儿还是要啧啧称赞一回，回头拿人家当楷模，教导自家孩子好好学习。

这个不大像城市又不大像农村的村庄，一到晚上，分外妖娆。那边炼油高塔上，灯光璀璨，好像一粒粒明珠镶嵌。这边街道上霓虹灯流光溢彩，映现出万种风情，村庄里的人谁也不觉得有什么稀奇，倒是外来的客人，看见了会惊讶地说，想不到这个百年老矿还真的美。

乡村之绿

夏日的乡村，绿满山川，一条褐色的公路像藤蔓，沿着川道弯弯曲曲地爬行，两旁大小的村庄就是藤蔓的叶片，碧森森地在六月的雨水中滋长。

我们的车像一只漂亮的甲虫，欢快地爬行在藤蔓上。

雨后的乡村，空气里渗着酽酽的绿，似乎可以抓一把下来。远远近近、高山平川满是绿色。浓的滴翠，浅的发白；随随便便、深深浅浅，每种植物的绿都那么特别，谁也不模仿谁，谁也不重复谁。

在深翠浅碧中冷不丁闪出一两枝金萱，金灿灿地摇曳着，像一抹浅浅的笑意。地畔上的喇叭花成片成片地鼓着劲儿吹，小脸儿涨得通红。

布谷鸟在幽深的树丛里徐徐地唱着："布谷——布谷"。声音里带着点闲散，夏日的乡村渗透了一种抒情格调。

槐树，最具有中国乡村气质，绿得温和中正，像乡村老农似的豁达、随和，有着一种经历了岁月之后的乐天知命。不论路边、田埂，院子里到处都是槐树，他们长得不洋气，一副不修边幅的样子，不像城里的梧桐那么挺拔、绅士似的。

我想不出用什么词来形容他，只觉得他很中国，很中国，如果给他起名，我愿意叫他"中国槐"。

柳树的绿要浅得多，透着一种漫不经心的味道。蓬头柳是个妈妈叫不回家的野孩子，乱蓬蓬的头发怎么也弄不整齐，三个一群、五个一攒，凑在一起，不知是谁说了个笑话，惹得他们笑得前仰后合，调皮的风也凑过来学舌，把笑话传给远处的树们，不一会儿，那边也哗哗笑得摇摇摆摆。

而垂柳是村子里最俏的妮子，长长的发辫，随风柔柔地飘，佻挞中流露着风情万种，临水而照，顾盼神飞，轻轻给溪水一个吻，那吻痕一波一波地漾开去，溪水害了臊急急忙忙地逃走。

杏树好像新娶的小媳妇，有点儿放不开的样子，圆润油绿的叶子，团团的树冠，贤淑而羞涩的模样。总在房前屋后，不会离家太远。鲜艳的杏蛋蛋透过密密的叶子不经意地闪出，像温婉的笑容，欲掩还露。

矮矮的苹果树，没有好身段也不那么动人，是一个家族中能干却不事修饰的大媳妇，虽然貌不惊人，但是一家大小吃喝拉撒少了她不行。有点发蔫的灰绿色的叶子里藏着一颗颗青涩的苹果，沾着晨露，沉甸甸地坠在枝头。

夏日里最旺盛的当然还是庄稼，高粱齐刷刷地蹿起来像哨兵，站在山岗上瞭望。豆子、谷子们正暗暗较劲儿，比赛着蹿个子。当然，最壮观的还数玉米，川道里、山坡上，一大片，一大片，油汪汪的绿；仿佛列方阵接受检阅的士兵，帅气俊朗，充满信心；长而宽大的叶子左右对称，绝不逾矩。荷锄的农夫，走在

整整齐齐的玉米地里像威风凛凛的将军，指挥着千军万马。

夏日的乡村，绿得生龙活虎，绿得热热闹闹，绿得喜气洋洋。

树的箴言

我深信树是人类的老师，当人向他求教，他总会以恰当的方式告诉人该如何去做。

树，稳稳地站在大地上，坦然，从容，平静。高大的身躯，强壮的臂膀支撑着一片蓝天，独自面对着大自然的流岚彩虹，风雷雨雪。

而他的根却不动声色地潜入了地心，牢牢拥抱大地，与大地血肉相连，不离不弃。

他也有心啊，年复一年的岁月更迭，在青枝绿叶上看不出痕迹，但是他把岁月刻成了年轮，一圈又一圈的年轮，便是他写下的生命的日记。

阅读一棵树所汲取的智慧，远比阅读一本书的收获更大。一个人的一生里，如果与树结成了朋友，那么他的精神资源是不会枯竭的。宋代的林和靖"梅妻鹤子"被人视作孤僻行状，但是我却深味其中滋味，有谁比得上一棵树所给予他的审美享受和精神支持呢？

树的智慧与美德，远比人类更加深广和纯粹，如果在你所走的路上遇到了什么困难，不妨静下心来，向树请教。如果你理解了一棵树，那么无形中树已经陶冶了你，提升了你。

一

一个秋天的傍晚，几年来一直生活在沮丧和自卑中的我一口气奔上山顶，看到落日如血，天空无比澄澈无比寥落。

山脊的那一端，蜿蜒的羊肠小道边有一高一矮两棵树，树干和枝叶被夕阳镀上一层耀眼的金色，那棵高大的是白杨，颀长、秀丽。秋风刮过宽大的叶子，哗哗作响，说不出的潇洒和倜傥。而旁边的另一棵，说不上是什么品种，极有可能是一种灌木，五短身材，粗皮糙肉，枝叶无规无矩，张牙舞爪，但是细细看去猫耳朵似的叶子上铺着一层密密的白绒，柔嫩而坚韧，每一片叶子似乎都在努力生长，透着一股子勃勃向上的欲望。谁都知道任凭他怎么努力都不会比身旁的白杨更高大，更标致，但是不见他丝毫自卑，所有枝柯尽力向上伸展，每片叶子都支棱着，不见丝毫萎靡。

黄昏将两棵树定格成黑色的剪影，在平等的对视中，高大的不见傲慢，矮小的不见卑微，他们都做到了自己所能做到的最好。从此我不再抱怨生活。

二

当我走过云南，阅遍风光无数之后，记忆中印象最深刻的是桉树。在这个绿色的世界，满山满坡，满坑满谷都是树，从妖娆的凤尾竹到平庸的马尾松，每一种植物都在挥霍着绿，那么奢侈，连空气仿佛都沾染了绿色。

滇藏公路边的桉树，大概是这绿色海洋里最不起眼的一种了，在这个游人喧闹的地方，目光和相机聚焦在那些著名的风景区，没有人会注意到他们，他们温和而沉默地立于道旁，被走马观花的眼睛漫不经心地扫过，承当着一次又一次的冷遇。其实也算不得冷遇，曾经被"重视"过的才会有被"怠慢"之感，桉树也许从来没有被人"重视"过，所以，当人们视而不见地从他们

的身边走过时，他们是心平气和的。

但是，桉树身上那些触目惊心的伤痕让我驻足，酷似一条条鞭子抽打在他们身上，鞭痕历历可见。所有桉树的树皮纹路一律向右呈旋转状态，风的意志在这里留下了深刻的印记，许多桉树连皮都没有了，可以想象到在狂风撕扯之下，那些树皮摧折断裂被疾风迅速卷走的情形，桉树们露出洁白光滑的躯干，衣冠褴褛，狰狞可怖。仰头望去，蓝天之下，桉树的树冠苍翠茂盛，阳光映照，树叶闪闪发光。我的母亲在我小的时候常常唠叨一句话："人活脸，树活皮。"但这话放在桉树这儿是不灵验的。

也许到底是树，活得简单，比不得人，人遇到巨大的困苦会责问命运：为什么如此不公？可是树不会思考这些看似玄奥其实无用的道理。面对无法更改的命运的安排，只能服从。哪怕被高原的烈风剥了皮，也要活下去！那失去了树皮的桉树靠什么活下来，我不得而知。我问身边的导游，善讲自编"神话传说"故事和所谓"段子"的导游说，这个问题太奇怪了，还没有一个游客关心过这些桉树哩。是的，面对桉树，当人们背转了身体的时候，我的目光久久停留在他们身上，细细抚摸他们的每一处伤痕，泪满眼眶。

三

如果没有到过原始森林便不算真正来过西双版纳，这里所有的植物们都在争夺有限的每一寸土地，只要有一点儿土壤，种子们便会迅速发芽，萌出绿叶，向阳光致敬。

绿意厚重的原始森林里，所有的树木异常高大，力争上游，向高空发展。在有限的空间里争夺生存的制高点，谁在高度上获得优势，谁就有了生存的优先权。在这里，三四十米的树木随处可见。在我所栖居的黄土高原，在缺水的北方，树们比赛的是根系的发达程度，谁的根扎得越深，谁就能尽可能多地获得水分和营养，谁就获得了生存的权利。

但是对于一棵异常高大的棕榈树，命运还是严酷了点儿，这棵棕榈树被附在身上的榕树所生出的无数条气根牢牢缠住，粗壮的树干已朽烂，失去了往昔的伟岸只剩下了颓唐。

我能想象到一个偶然的事件如何导致了这棵棕榈树的厄运。

阳光的午后，一只小鸟轻捷地飞来，落在棕榈树宽大的叶片上，唱唱跳跳之后，她累了，歇在叶柄上并偶然排出了一点粪便，其中有一粒未消化的榕树的种子。那是一颗充满野心的种子，他终于死里逃生！一旦有了生存的机会，他是绝不会放过的！没有多久长出的气根便向四处衍生，将棕榈树紧紧缠住。借着棕榈树高大的身躯他不断向上攀缘，去争夺阳光，而气根插入棕榈树体内汲取营养，可怜的棕榈既不会逃跑也不会呼号更不会自卫，听凭榕树的侵占与掠夺，没多久便只剩下了腐朽的空壳，而榕树则枝繁叶茂，在天风中歌唱。

面对这植物界最残酷的"绞杀现象"，刹那，我悟到世事也不过如此，有时偶然决定命运。

我们的夏天

奶奶站在院子里和蔬菜们拉话："哎呀，豆角儿扬起辫辫儿了，看俊样的。雨水稠豆角儿就稠，过两天咱吃顿豆角擦擦吧。"后半句好像是给我说话呢，"豆角擦擦就豆角擦擦。"我躺在窑洞炕上看闲书，两眼发饧，蒙眬欲睡。

"死鸡娃子，吃了五谷想六谷！有你的份？"一声断喝，那只妄想吃六谷的鸡娃子挨了一扫帚，尖叫着飞跑出院子。

我撇下书跑出去看热闹，院子里红火得很，鸡娃子们墙角旮旯儿里寻虫子解馋。东边的菜园子正旺相，攀上高枝的豆角儿，轻

佻、风流，一串串艳紫的花，一直开到顶端。挑逗得蜜蜂飞来飞去，不停地说情话。那细细的长辫子却勾在晾衣服的细铁丝上，一副难分难舍的样子。过不了几天，长辫子又会缠到旁边的木杆肩上。

西红柿提着红灯笼和绿灯笼，在给谁照路呢？它的正式名字叫番茄，在我们陕北都叫它"洋柿子"，洋的肯定就是外来的，比如，奶奶管火柴叫"洋火"，肥皂叫"洋碱"。洋柿子到陕北安家落户的日子并不长，毛主席在延安闹革命的时候才引进的。有一回我在医院打吊针，邻床的老头和我聊天，说他见过毛主席。延安见过毛主席的人多了，不稀奇。他说有一回到交际处玩，那时交际处常常住着高鼻子黄头发的外国人，比西洋景还好看。却发现菜园子里种着一种红个当当的果子，不晓得是啥。窑洞里走出来个大个子大声招呼："小鬼，摘个尝尝。"后来才知道这就是西红柿，那大个子是毛主席。

因为是洋的，所以就娇贵。在相貌普遍平庸的蔬菜中洋柿子算长得俊的，你看它红彤彤的周身闪着喜悦的光泽，多撩人。陕北人早已不把它当外来户了，农村家家户户的菜园子里都少不了。秋天把它制成柿子酱。白雪飘飞的冬天，红艳艳的柿子酱一摆上桌就足以让嘴里的腮下腺往外冒涎水了。

茄子矮墩墩的个儿，绿中带紫的叶片像宽厚的手掌，悉心呵护着挂在下面的果实，不肯轻易拿出来炫耀。辣椒是我喜欢的蔬菜，吃饭的时候，我常端着碗圪蹴菜园旁，随手摘下来一只就饭吃。茄子和辣椒各自排成一队，本本分分的，没有丝毫姿色，连鸡娃子也不会趋前啄一口，只爱慕那艳晶晶的洋柿子。谁叫它漂亮呢？不过规矩有规矩的好处，陕北有句俗话"茄子一行，辣子一行"。意思是做人做事要向茄子和辣子学习，有规有距，不胡羼乱为。

红艳艳的瓢虫停在翠绿的叶片上，一动不动，还在睡大觉。呵，还有比我更懒的家伙，没出嫁以前我睡懒觉是要挨骂的。好容易挨到了星期天想多睡会儿，耳朵却不得清静，奶奶忧心忡忡地唠叨："唉，这女子，看长大了谁要你呀。"没人要是件丢脸的事，挺伤自尊的。我虽然懒却很要强，于是，参加工作后的第一件事就是解决"没人要"的问题。免得将来成了挑剩的桃子，多没面子呀。

越过窑洞顶的阳光照在小瓢虫身上，我用指甲盖轻轻一弹，"啪"它一下子掉在地上，这下，它灵醒了，慌慌张张地跑。两只蚂蚁忙忙赶路，一定是去参加劳动。"看人家。"我冲小瓢虫喊道，就像当年奶奶冲我喊似的。

半空里，勤劳的燕子忙着捉虫子。窝里的刚孵出的小燕子眼巴巴地在等，见老燕回来，齐齐张了嘴。春天，我们在窑檐下搭了块小木板，盼望燕子来做窝。燕子是受欢迎的客人，在谁家窑前搭窝就预示着谁家兴旺，现在它们一家叽叽啾啾的聚餐，好不热闹。

我撒一把米在院子里，燕子睬也不睬，倒是勾引下来几只灰麻雀，这些大脑袋家伙，不是省油的灯，瞅着便宜都想占，哪有人家燕子贵气？就连飞行的姿势也没人家好看。你看吧，燕子是斜着飞，在空中剪一个优美的弧，倏地停在窑檐上，几乎没什么声音。而麻雀不同，落地像半空里砸下来块石头，忒嘣嘣愣的响。院子里的鸡食也会常常被它们偷吃。母亲常说"脸皮薄，吃不着，脸皮厚，吃得饱"。燕子不好意思白吃，只好风里来雨里去地辛苦养家。麻雀不把自己当外人，踮着小脚，一跳一跳地在院子里吃米粒。

西边井台边是两棵槐树，一个高大、一个秀丽，夏日里叶子绿旺旺、密匝匝。他俩一准是夫妻。两棵树的树冠密密交织在一起，你中有我，我中有你，分不开谁是谁的。每天，我打水的时候，总要轻轻拍拍树干，算是打招呼，说真的我很尊敬它们，没有比夫妻恩爱更幸福的事了。

访 山

我们到劳山深处探访，小车沿着弯弯曲曲的乡村公路行驶，活像一只欢快的金龟子在翠绿的叶片上跑。葫芦河的两岸是逶迤绵延的山峦，刚刚升起的太阳恰似金色的圆号，奏响了清晨的迎宾曲。

你好啊！我和庄重的大山们打招呼。清晨的山岚从高处翻卷而来，张开乳白的双臂拥抱了我们，在缥缈的山岚中，一重重山峦渐远渐淡，渐渐融入天色。

天空明亮起来，乳白色的雾气慢慢散去，世界变得清晰了。小河轻快地向前流去，淙淙铮铮。一根木头倒在水里，因为年代久远，已经腐朽了，散发出腐殖质的气息，现在它成了小河上的独木桥。

大地上开满了各色的野花。那不是鸭趾花吗？细细的茎干上盛开着金色的花朵，简单而娇俏。你还认识我吗？那个多年以前玩累了就睡在你身边的小孩子，那可就是我呀！胖娃娃草，我妈妈说起过你，在饥饿年代，你曾经救过无数人的性命，你是我们的恩人，我要牢牢记住你！

还有猪耳朵草，请原谅我以前不知道你的大名还经常扯你的大耳朵玩，原来你的官名叫作车前子呀，在《诗经》里，我们的祖先就这样亲切地称呼你，怪文雅的，是因为你经常长在车路两边吗？小巧玲珑的千里光，是谁给你起了这么好的名字？这么大气磅礴的名号和你这小小的花朵似乎有些不相配呢。地黄草不声不响地站在那里，从不显山露水，虽然其貌不扬可人家有本事哩，是一味著名的中药。俗话说，人不可貌相，草也不可貌相的。

鹅绒藤永远是多情种子，和谁都是一副难舍难分的样子。心形叶片在两边纷披着，弯弯曲曲地一路从山坡上迤逦而来，分给这个一颗心，分给那个一颗心。细细的臂膀挽着瘦高个的荠菜说一会儿情话，再攀到醉鱼草的肩上讨论一下谁的辫子最长。醉鱼草只顾精心梳理着紫色的长辫子，在春风里摇呀摇的。临水一照，河里的鱼看见她那俊模样就醉倒了。不过，鹅绒藤遇见荨麻，却要绕着走了，没有谁敢于招惹严肃的荨麻。荨麻是最有个性的，一棵一棵傲然独立，和谁都不黏黏答答。鹅绒藤绝不敢招惹这个冷面杀手，他怀揣暗器，那巴掌大的叶片背后藏着密密的针，谁要是冒犯他，他就会毫不客气给它一下子的。

牛蒡永远是那么牛气冲天，肥大的叶子长得和芭蕉似的，向四面八方伸展开来，很霸道的样子。也难怪，这个大块头的家伙真还与众不同，在陕北，植物们的叶子都长得很小，防止水分的大量蒸发，要节约用水呀！唯有他天不怕地不怕的，长成了一个庞然大物。

毛鳞蕨像一个传说中的隐士。他的年龄和恐龙一样古老，如今恐龙早已灭绝，他还活在世界上。他守口如瓶，不肯透露史前时代的秘密，只是安静地生活在幽暗的峡谷里。一排排羽状复叶密密地整齐地排列，精巧而规矩，就像他的性格。

芍药花锦重重地开得正艳，当春天已经归去，谁也想象不到深山里的芍药花正挥洒着春天般的笑容，大朵大朵的花仿佛在肆意挥霍着青春，仿佛一种奉献自己的热情难以排遣。浅紫深红的花瓣落了一地，厚墩墩的像铺着一块锦缎褥子。在《红楼梦》里的史湘云，大气豪爽，心胸开阔。只有她不爱计较小事，不爱和人斗心眼，不爱装腔作势，而是以真性情和人相处。一次和众姐妹喝酒，独有她喝醉了，醉卧花阴，酣眠芍药，梦里犹自吟诗作对。她是我最喜欢的女子，若生在当世，我愿意和她做朋友。

站在高高的山岗上瞭望，满眼的绿。绿得汪洋恣肆，绿得横

冲直撞。哪里都是茂腾腾的绿，河道里的毛头柳一蓬一蓬，在阳光下比赛蹿个子。青冈木永远那么端正俊秀，他是树里面的美男子，正午的阳光下，遒劲的树干挺举向上。在他的一生里，只专心做一件事，那就是将自己锻造成材。

花　事

我的屋子里养着几盆花草。它们是步步高、平安树、蝴蝶兰、君子兰，还有文竹、水竹，我把它们请到我家里来的时候，它们个个都长得精神饱满，神清气爽，叶是翠生生，花是艳晶晶。我们一家都十分珍爱，下了班回家首先是看看这些花儿们，浇浇这个，剪剪那个。

先说说那盆步步高，当初看上他主要是因为名字。谁不想图个吉利呢？他嘛，要说长相实在貌不惊人，浑身长满了尖锐的叶片，活像古装戏里武将的行头，背上插满了三角旗，手里举着宝剑或朝天戟，器宇轩昂、杀气腾腾。我把他安排在门口假想他就是门神秦琼秦叔宝，为我看家护院，让我们平平安安。

当初平安树刚进家门时活似一个阳光男孩，笔直干净，青枝绿叶。尤其那叶片绿得发亮，像涂上了一层层阳光。可好景不长，几天之后，大把的叶子纷纷落掉了。我心疼得要死，又是浇水，又是施肥，可人家毫不领情，叶子还是一片片地落下来，整个树蔫蔫的，叶子焦巴巴的。完全没了翩翩少年的那一股子帅气，变成了一个中年男子的模样：整个树冠顶端的叶子稀稀拉拉，像是中年脱发不得不靠"地方支持中央"。每次我给他浇水都默默地念叨："求求你了，长精神点吧！"可他毫不领情，总是一副无精打采的样儿好像我欠他800块钱似的。

现在，我在写这篇文章的时候他还是那副蔫样儿，挎着身子好像挨了老婆训的居家男人。

都说会哭的孩子有奶吃，对应到植物上应该是易蔫的花草有肥吃，蝴蝶兰进家门的时候，耸立着苗条的身子，细长的茎干上开满了花朵。我小心翼翼地把她抱进了书房，我希望她那高贵的气质为我的书房增色添光。

一天对花忽发奇想：植物开花犹如女人生孩子，能量耗费大。得大补，一天几次给她浇水松土。可是不几天，那些花朵纷纷离枝，最后高挑艳丽的蝴蝶兰只给我留下了一根光杆儿作纪念。

他们对我辛勤劳动没有任何回报，但我并不怎么关心的文竹却出落得异常清秀。当初到花房买花的时候，它是花房老板做人情送的。不花钱的东西人是不会心疼的，我常常忘了给它浇水。我把它摆到背阴的窗台上，天天给这个洒洒水给那个剪剪枝，独独忘了它。谁想有心栽花花不开，无心插柳柳成荫。终于有一天我发现不起眼的文竹已经长得青枝绿叶，透着无比的灵动。就像邻居家的小男孩，小时候猴头猴脑毫不打眼，等有一天你忽然发现他已经长大了成了一个俊朗的小伙子。我多少觉得有些对不住他，如今这盆文竹已经升迁到我的书桌上了。

现在，再来说说我的那盆君子兰，我敢打赌，这是世界上最名副其实的花了。你看他的叶子左右对称中规中矩，就像《论语》中所说的"从心所欲不逾矩"，当然人家就是花中的君子啦。

这就是我的植物世界，我当然是园丁，每天我和他们都交流交流，唠叨几句闲话，就像细心的母亲叮咛孩子：都给我好好地长啊，不许偷懒。

城市鸡

　　想起外婆，也就想起了外婆养的那一院子鸡。

　　小时候，每到外婆家便格外淘气，不是撺得鸡飞狗跳墙就是逮一只大公鸡骑着玩，直到外婆出来喝止，院里才能重归于安宁。

　　记得一次，那只叫"灰背"的鸡，想吃小姨嘴角的一粒白米，扑扇着翅膀跳起来啄，打翻了碗，吓哭了小姨，气得外婆边骂边拿起扫帚打，可"灰背"毫不在乎她的愤怒，轻松一蹿上墙咯咯咯地来了一段清唱，以示胜利。后来这只极肯下蛋的鸡不知被谁打断了腿，视鸡如"银行"的外婆心疼得要命，站在院门口，小脚儿一跳一跳地哭骂了两三小时。

　　外婆生活在农村，那么她养的鸡就是农村鸡了。为了区别，我把那些现代化养鸡场里的鸡就叫城市鸡。

　　城市鸡如同城市人一样，触目惊心地拥挤、嘈杂，两千只鸡挤在一个鸡棚内，一尺见方的铁丝笼内塞着两只鸡，别说跑跑跳跳，就连伸伸翅膀，转个身子都不可能，整个儿头碰头，腿碰腿，身体撞身体。并且只能以站立的姿态过完它们被人为设定好的500来天的一生。

　　这使我想起了身居城市的自己，因为空间的狭小逼仄，驱赶着人们不得不越靠越近，而身体的无限靠近，反而使心灵日见疏离，于是在满目摩肩接踵的人潮中，备感孤独与寂寞。我不知道和人一样趋向于无限接近的城市鸡有没有感觉到这种因热闹和亲密而滋生出的孤寂？这一天又一天无止无休雷同的日子里，是否觉得一生了无意趣？

　　而农村鸡自由多了，院里院外，田埂深巷哪里都可以溜达，有的一头扎在墙根草棵子里觅虫子，有的三五一伙卧在向阳处晒太阳，时不时叽叽咕咕闲谝几句，精力过剩的公鸡们打斗一番，赢了的引吭高歌亮一嗓子，引得怀春的小母鸡们纷纷引颈张望，抛以媚眼。

　　城市鸡没了自由但有的是现成的水和食料，铁丝笼前面设置了水槽和食槽，鸡们只要伸伸脖子就可以安享水和饲料，不像农村鸡那样，这个旮旯寻寻，那个角落刨刨，十步一啄，百步一饮地辛苦，有时为吃一粒米还得冒挨打的风险。我不知道安逸享乐和自由自在之间，城市鸡农村鸡不知谁羡慕谁。

　　被羁押的城市鸡集体吃食时看起来很壮观，几千只铁笼中的鸡像军人似的齐刷刷排三排，笃笃笃啄食像下起了雨，红红的鸡冠像一簇簇火苗在跳动。所有的鸡只有一个品牌名"浪漫"，清一色白毛红冠，分不清谁是谁，好像克隆而成。

　　我记得外婆家20多只鸡个个有名字，什么灰背、大白、小黑、花花、长尾巴……

　　鸡的嘴巴，在文言文里有一个很典雅的词叫"喙"。这个词现在除了在生物学中偶尔提及外，基本上已经被人遗弃了，甚至有些电脑的字库里也不收，而小鸡正是靠它的尖细锐利的"喙"啄破黑暗，迎来了生命里第一缕光明。在鸡的生长过程中，喙的作用就大了，可以啄米粒、草籽，掏洞中的鸣鸣虫，嗑开花生壳吃果仁；还可以当梳子，爱美的鸡可以梳理羽毛，打扮自己，公鸡还可以把喙当作武器掐架打斗。但是精于计算的饲养者怕鸡刨食出槽，为了降低生产成本，追求利润的最大化，发明了一种叫"割喙器"的工具，将鸡的"喙"这一上天赐予之物给割断了。它们只好用这张残损的嘴巴勉强吃食喝水，再也派不上其他用场，也丧失了其他娱乐功能。

　　城市鸡一生唯一的活计就是生蛋，鸡棚内吊了十几只灯泡，到了晚上明晃晃地亮着以延长"白天"，打乱它们的生物钟，使

它们多下蛋。城市鸡如同城市人，工作很勤奋，平均下6到8个蛋才歇息一天。

大约380天后，透支体力的鸡们产蛋率下降，失去了饲养价值后就被人毫不犹豫地从铁丝笼内拎出来送往屠宰场，放血、拔毛、开膛、肢解尸体，结束城市鸡的一生。鸡胗、鸡肝、鸡爪成了人们下酒小菜；鸡脯、鸡腿夹在汉堡包内高价出售，鸡的尸体是人们嘴巴里一道美味。

忍受着鸡棚里鸡粪和合成饲料散发出来的怪味，我走近前去，看着一只被锯去了喙的鸡，鸡也吃惊地举着残喙茫茫然地看着我。

它注定是一个无父无母无儿无女的孤独者，从啄破蛋壳，探出毛茸茸的小脑袋那一刻，它就没见过妈妈，现代化的孵蛋机钢筋铁骨面无表情地用适当的温度经过三七二十一天将它们孵出壳，然后鸡场工人将鸡崽儿大批量圈养在一个温度适宜遮天蔽日的塑料薄膜棚内。喂它们以混着催长素的精饲料催其早熟。100天后提前结束童年被塞入铁丝笼上架产蛋，开始了日复一日的产蛋生涯。

这些品种叫"浪漫"的鸡，不晓得童年是跟在老母鸡肥胖的屁股后面，捉到一只虫虫便细声细气叫着：好吃的好吃的好吃的；到了晚上躲在老母鸡宽大厚实温暖的羽翼下做梦。不晓得青年时期应该享受俊朗健美的大公鸡热烈的追求，羞答答地接受它赠送的胖虫虫，欣赏它卖弄歌喉喔喔啼唱情歌，在开满黄花地丁，紫花地丁的路边田埂男欢女爱。不晓得除了难吃的劣质饲料外，田野里还有肥肥青虫，胖胖蚱蜢，香香米粒；还有蓝天白云，清风过耳，风雷雨雪；甚至还可以跳上墙头扑扇翅膀来一段短距离滑翔。

在鸡棚，我的目光穿过笃笃笃忙于吃食的鸡们，看到它们只不过是肉和蛋。此时，我不知道它们是否知道自己的未来。我真希望有一只鸡做这个群落的叛乱分子，咯咯狂啼着跳起来，扑打翅膀逃离城市，亡命天涯。

生　日

生日这天我离开家，独自逃离了人群，前往一处隐藏在青山深处的水边，不知道为什么我觉得这一天必须静下来想一想了。好比一个走了很多路的人忍不住要回头看看，因为走过的路，就是将来要走的路。

在这个生日之前的许多日子，平滑顺畅得像缎子。没有丝毫芥蒂，因而也没有多少记忆。一个人负担太重了会痛苦，但是如果没有负担了，同样也会痛苦，因为空虚一样会折磨人。我坐在水边一块突出的石头上开始洗涤我的裤腿，在来的路上走过一片看似平整的草地，没料到一脚踩下去陷入烂泥中，费了好大劲才拔出来，已经是两腿黑泥，看来坦荡敦厚的草地也会险蓄阴谋。

可我并不懊丧，许多次经验使我发现，当你倒霉透顶时，平心静气倒比垂头丧气要好得多。这时我记起一个笑话：下雨天，一个农夫不紧不慢地走路，别人劝他快跑，他说：跑什么？前面不也在下雨？现在想来这个人简直大智若愚，若前方无处避雨，跑和不跑又有什么区别？还不都是落汤鸡？再说不跑还能省省力气。

这实在是一种豁达超然的人生态度，值得我效仿，所以，我满不在乎地拖着两条泥裤腿走在乡间小路上，惹得过往行人纷纷回头看我，当时我得意地算了算回头率，高达92%。

温润、清碧的水中不时有银光跃出，那是鱼苗在撒欢。鱼在生命中除了游泳、觅食别无他求，因而它快乐。而人不行，因为人还有思想，所以，人不如鱼快乐。其实生日理当也是快乐的，从前在一次又一次生日祝福中满以为以后还会有大把大把的年华

供自己随意挥霍。终于到了这一个生日，我才猛然明白"无情岁月增中减"的意思。生日实在不是个值得庆贺的日子。

生日好比安放在床头的闹钟，一次又一次提醒一年一年的流逝，而我却错以为是提醒我祝贺自己生命中一个重要的节日。

直到今天我才明白，生日就像乡间田野里的鸣鸣虫，早起催人去下田。在乡间，夏季的清晨常常有无数不知名不知种类的虫子，天不亮就开始齐鸣合奏，老人催年轻人说，鸣鸣虫叫了，该起床了。

正午的阳光毫无阻拦地射在我身上，我在阳光的热力的微妙变化中感受时间是怎样轻轻巧巧从我身体上跨过去。其实时间是个老熟人，天天见面，就是不知道他叫个什么，打哪儿来，往哪儿去。直到他面无表情又毫不客气地把我的许多东西给拿走了之后，我才急了，追到门外去找，却不见人影。这位面善的熟人每天都来，天天从我这里拿走一点点东西，甚至在我睡梦中他还翻越窗户偷着来掠夺我。在我过生日的这一天早晨，当金色阳光给我的小屋晕染了一层温馨的橘黄，我从梦中醒来，拉开窗帘，窗外青山推窗而入，一如平日的庄严与温柔，我忽然怔住了，想到这青山为什么不老？苍天为什么不老？而人又为什么如此易老？这是谁的安排？

我在那时想起了"时间"这个词。早在 2500 年前就有一个智者临水而叹："逝者如斯夫，不舍昼夜。"我想这一叹击痛过许多人的心脏。一百年足可以让一个人彻头彻尾完结，而这一百年对于无边的时间而言只是白驹过隙。我醒悟时间并不是手机或钟表上所表示的某个具体数字，它实际上是个巨大的黑洞，足以让一切消亡在它里面，无所谓过去，无所谓现在，无所谓开始，无所谓完结。并不是时光易逝而是我们的生命易逝，我们的躯体易朽。面对这永恒的青山、日月、天地，人，怎能不痛感生命的短暂，譬如朝露，去日苦多！昨天还为青春年华举杯，今日却为满头白发伤怀！

生命如果比作一个线段，线段的两个端点就是生和死，这生和死都是由不得自己的事，上帝早有安排。由得自己的只是在这两个端点之间延续的人生。如果没有意外，这一段人生也是说短不短，说长不长，在这段日子里也只有做点儿什么事，才能心安理得。幸运的人找到了自己喜欢做的事，不那么幸运的人只好做自己不喜欢而又不得不做的事。

有一天重读愚公移山的故事，我忽然悟到老愚公在他将近90岁时才发现自己这一生最应该做的最想做的事是挖山，于是面对困难还是满心欢喜地扛着铁锹上了太行山，辛苦并快乐着。我相信许多人对愚公的行为意义存有质疑，但这并不重要。重要的是，老愚公找到了他一生想做的事，而这件事又能给他人带来巨大利益。

从某种意义上讲，我们每个人都在挖自己的山，因为它挡住了我们通向外面世界的路，于是每个人都在汗摔八瓣地挖，孤立无援而且自顾不暇，谁也帮不了谁多少。我曾天真地以为朋友可以互相帮助，其实朋友是最不可以帮助你的人。人说：艰难和痛苦，有朋友与你分担，你就减轻了一半。而我认为，如果真是朋友，你如何忍心让他辛苦着你的辛苦，忧伤着你的忧伤。那么一切血汗泪水全得从自己这儿付出。平日为一点儿小小委屈对亲人朋友大加诉苦，而有一天头戴荆冠，脚踩钢刀时却不敢呻吟一声。别指望他人替你担当，别指望他人替你痛苦。不管是否担当得起，全部的痛只能自己挺着，全部的苦水也只能自己吞下。是的，只有自己。一个人真正遇到大痛苦的时候，往往不想诉说，异常沉默。犹如生过孩子的女人不想描述那份痛苦，上过战场的男人不想描述那份残酷。

每个人在挖山过程中所尝到的酸甜苦辣，也只能自己一个人品尝。个中滋味如鱼饮水，冷暖自知。甚至于沟通都成了一种奢望，尽管同说一种语言，往往是彼此的话，谁也听不懂谁的。

午后太阳光的巨大热力在一点一点地消减。从对皮肤的炙烤

度上可以一点一点地感受到。这意味着又有半日光阴在我沉思的时候从眼前溜掉。我并不伸手去挽留什么，因为我在这一段时间里不论干任何有意义或无意义的事，时间都会溜掉。绝不会为谁为什么而停留，但我知道我在这一段光阴里做了一件我想做的事。

敌　人

　　我说我的敌人很多，你一定认为我的人缘不好，可是我要说你的敌人也很多，甚至每个人的敌人都很多。

　　敌人，是上天给定的礼物。敌人是那么热爱我们，我们一生下来，他们便热情万丈地围住我们，就像亲人似的。在小时候，我的敌人是"黑暗"，幻想那片黑暗中一定隐藏着青面獠牙的魔鬼，眼睛绿莹莹的恶狼。从不敢一个人待在黑屋里，晚上更不敢出去上厕所，有一天恶作剧的哥哥将我推进黑屋，反锁上门，然后吓唬："鬼来了。"我吓得大哭，幻想中的妖魔鬼怪张牙舞爪纷纷前来，团团围住我。但哭过之后，发现那些可怕的东西始终没有出现，黑屋子里没有什么异常动静，我才知道，我是自己把自己吓着了。后来我甚至敢一个人走夜路。

　　再后来，当我爱上一个人时，那时我的敌人是"失去"，有时无端想象假如有一天我失去他，往后的日子该怎么过，因此常常泪流满面。后来当这一天真的来到眼前时，悲伤过后，随着时间的流逝，一切渐渐淡漠，我发现天还是蓝的，太阳照常升起，生活照常继续。

　　经历的多了，也就养成了见怪不怪的脾气，和什么样的敌人交手，都不至于惊慌失措，而交手的时候总是这个样子：在我猝不及防的时候，敌人倏地从背后跳出来，卡住我的脖子，我只能与他扭打在一起，刚刚撕扯完还没走几步，那边又一个黑影跳将出来……

后来我发现敌人甚至潜藏在我的骨髓中，比如：自卑、轻信、盲从、懒惰、懦弱……更多的时候我还要与他们斗争，就这样，我只能一边走路一边和敌人不断纠缠，也许胜出，也许败北。我还知道在路的尽头，还有一个强大的敌人蹲在那里耐心地等我，他冷眼旁观我的得意与失意，却并不赞许或哂笑，我甚至能想象出他的形象，刀刻般的皱纹布满脸庞，嘴里叼着一只烟斗，一袭夜一样黑的长袍。终将有一天我会碰到他，那时他会准时起身迎接我，用宽大的黑色长袍淹没我，然后带我去永恒的黑夜——他就是打我一生下来就等在那里的死亡之神。

从死亡那里我懂得了人的局限，这个局限是命定的。因此心里反而宽慰了许多，我将允许自己失败，允许犯错，允许不足，允许身上存在许许多多毛病，我知道敌人的存在才使得我自身的存在显得有意义。

有人这样解释《空城计》，孔明城头焚香抚琴，是暗示司马懿，你我如同苏秦张仪，失去一个另一个势必落得兔死狗烹的下场。

敌人与我们正是这样的关系。

因此，我热爱敌人，他才是我们的良师益友，只有敌人给予的教训才刻骨铭心，一生牢记。因轻信盲从才懂得要独立思考，因胆小怯懦才懂得要勇敢坚强，因鲁莽懂得慎重，因自卑懂得自信……

现在，我已习惯和敌人共同生活在一起，感觉没有了他们，我也就失去了内在的活力。甚至，我已爱上了敌人。如果我的生活一帆风顺的话我会认为那样未免过于平淡，少了波澜也就没了趣味。当我白发如霜的时候，回想一生最难忘的恐怕还是与敌人交手的日子。

欲 望

　　经典作品的特质之一就是耐得住时间的考验，有如橄榄，越咂摸滋味越悠长。

　　普希金的叙事长诗《渔夫和金鱼的故事》被很多人所熟悉。小时候，在语文课本里学，等长大了，有了自己的孩子又讲给他们听。简单的故事在岁月中被不断地咂摸，忽然发现，与其说是童话倒不如说是寓言。里面充满了隐喻，直指人心最隐秘之处。剥开这个故事的内核，我们看到了"欲望"。或者说，这个故事告诉我们，人类有一个共同的名字：欲望。

　　我们先来重温一下这个故事：海边住着一对贫穷的老夫妻，老头天天出海打鱼。有一天，他打到了一只小金鱼，小金鱼哀求老渔夫放了它并承诺要报答他。好心的老渔夫放了小金鱼。回家以后，他把这件事告诉了正在破木盆里洗衣服的老太婆，老太婆听了，大骂老头，要他去讨要一只新木盆回来，老渔夫想想也是，家里的木盆实在破得不成样子，也该换了。小金鱼愉快地答应了这个请求，让老太婆如愿以偿。然而有了新木盆的老太婆并不满足，又提出了更多的要求：要新房子，要很多的牛马，要当贵妇人，甚至女皇帝。当这些愿望被一一满足后，老太婆进而提出想当"海上的女霸王"。老渔夫来向小金鱼哀告，小金鱼什么也没有说，潜入了深深的海洋。老渔夫只好回家，看到老太婆还在破屋前洗衣服，用的还是那个破木盆。先前的荣华富贵化为破木盆里的一堆泡沫。

　　当我们成年以后重读这篇童话，深深折服于普希金如此深刻的洞察力和如此生动的表现力。一个关于人类欲望的古老而深刻的哲学命题被他用童话来诠释，读来轻松愉快而又意味深长。

从故事里我们看到了欲望的渐进性，也就是说欲望的阈值会随着欲望的不断满足而升高，所谓"欲壑难填"就是如此。从这一点上说，我们每一个人都是老太婆。当我们较低的愿望被满足以后，自然而然的眼光就会盯向新目标。

前一段时间，股票看好，我的一个同事跟风买进，三个涨停板下来，结结实实赚了一把，为慎重起见，把本金抽了回来。股市继续红旗飘飘，别人以为他乐坏了，没想到他唉声叹气说要是当初别把本金抽回来多好。

古语说"骑着骡子看大马，身居阁老望王侯"，说的便是这个情形。

故事里的老渔夫和老太婆是一种很有意思的对比，老渔夫没有提过任何要求，似乎对生活从来不抱任何希望。甚而老太婆当了女皇帝时他也没有"妻贵夫荣"，还是那副破衣烂衫的行头。从故事的开头到结尾，他一直站在一个原点上，没有丝毫变化，始终是贫苦、懦弱、孤苦无告的。

老渔夫无疑是"无欲"的象征，然而谁愿意和他一样呢？

老太婆的生活要丰富多彩得多，她是一个对生活充满欲念的人，她渴望着提高生活质量，哪怕是一个细节的改变，比如更换一只新木盆。当老渔夫给她说了小金鱼的事之后，她敏锐地抓住这个看似不起眼的机会。事实证明，她是正确的，她顺利地满足了愿望。

如果说，老头儿一直站在一个不变的原点上，那么老太婆的经历是画了一个圆，从终点又回到了起点，结结实实热闹精彩了一回，尽管最后她一无所有，但是一切已经不同了。

每个人都渴望生活得更好，这种欲念有时会幻化为理想、梦想、上进心、进取心等，但是其核心不变。尽管很多人声讨欲望，有人还说过一句漂亮的废话"无欲则刚"。可"无欲"等同于行尸，一个死人刚不刚又有何意义？

欲望是人谋求发展的根本动力。乃至于人类的进步，从根本上说也是在欲望的推动下不断向前。面对欲望，我们没有必要半遮半掩羞羞答答死不承认。

可是，问题又出在这里，在欲望的驱动下很多事情会走向反面：想当女霸王的老太婆最后又坐到了破木盆前洗衣服。岂止是在童话故事里，在我们的生活里不也随处可见？很多曾经风光一时的高官，不就是在欲望的驱动下从高处跌落，以至于身陷囹圄。这样的例子简直就是现代版的《渔夫和金鱼的故事》。

作为一个客体，谁都会对老太婆之所以沦落到最后悲惨的下场洞若观火。事实上，人们总结的不错，祸端缘于欲望。但欲望在何处停止脚步是最恰当的？何处是欲望的边界线？

另一个童话《太阳山的故事》也许能回答这个问题：在一个古老的村庄里，兄弟两个相依为命，有一天他们正在地里干活，天上飞来一只凤凰，对他们说："快坐在我的背上，我带你们到神奇的太阳山去。"哥哥不敢去，弟弟就一个人坐在了凤凰背上。到了太阳山，遍地都是金银财宝。凤凰说："你快点儿拣吧，太阳升起来之前我们必须离开，否则就会被太阳晒死。"弟弟听从凤凰的嘱咐，只拣了几样宝贝就回来了。

哥哥责怪弟弟太傻，心心念念想着也去趟太阳山。几个月后凤凰又飞来了，驮着哥哥和弟弟又到了太阳山，尽管凤凰一再吩咐必须在太阳升起之前离开，可是贪心的哥哥不停地往袋子里装东西，完全忘记了凤凰的话。无奈之下，凤凰只能驮着弟弟离开。

太阳升起来了，哥哥晒死在太阳山了。

如果凤凰象征着机遇，当它驮着我们到那一心向往的太阳山的时候，我们应该如何面对满地的诱惑？

爱情伴生矿

正如石油里伴生天然气，铁矿里伴生锌铬，爱情也有伴生矿。正如淘金者需要在大量沙子里滤取金粒，过程充满艰辛但得到金子的欢乐能够使一切痛苦为之消解。一般说来爱情的伴生矿有以下几种。

背叛：这是最深刻的轻蔑，如同爱，总是起始于人的心灵。在所有的伤害中背叛来得最残忍，不仅仅是对一份感情的抛掷，更是对他者人格与自尊的彻底颠覆与摧毁，并且不给出任何理由。若是谁对遭遇背叛无动于衷，那他对自己也就不那么足够的爱。因此，我们怀念被伊阿宋抛弃后实施复仇的美狄亚。这个血性女子，如今已经只能在神话故事中读到。

轻信：爱情的亲戚是信任，如果真爱，你不可能像一个投资商那样冷静地做先期考察，然后再决定投资与否。激烈地爱一个人就免不了相信他所说的一切，如果他是真的，你的信任就是对的；如果他是假的，那你就会被认为犯了轻信的错误。

可是，这是你的错误吗？信任他人是错误呢，还是辜负了他人的信任是错误？

手腕：若有一份感情在你不经意的时候蹑手蹑脚来到身边，该怎么办？像个商人似的，怀着高度戒心，把彼此放在天平两端，掂量斤两，生怕吃一点点亏，还是像一个外交家似的热情洋溢地周旋、应付，开出许多空头支票，却并不兑现。据说，这是许多高手的智慧结晶。

输赢：所谓赢家指在爱情这场现代人的热门游戏中少输或不输的人。秘诀只有一个：当你不去爱别人，你就永远不会输。输

家都是天真的孩子，一开始就倾其所有亮出底牌的。

伤害：谁也免不了受伤害，正因为彼此坦露毫不设防。一句话，一个眼神都足以深刻地构成伤害，而他者杀伤力的大小与你爱的程度成正比例，因此人只能伤害爱自己的人。

执着：这几乎是公认的美德，可如果场合不对则是巨大的愚蠢，犹如一只蚂蚁沿着我的洗脸盆沿爬了一圈又一圈，始终如一地转圈但永远不会有出路，因为场合不对。对待错误的爱情尤其不可执着，你尽可以去焐热一块石头但你别忘了，石头焐热还是石头，绝对不可能变成一颗跳动的心脏。

占有：谁能以什么样的方式证明占有？实施占有？人天生孤独的本质决定了人只能属于自己，这个世界上没有人能够占有什么。

真诚：人人声称渴望真诚，这话的正确理解是：希望他者对自己付出真诚。至于自己则另当别论，其实只有自己真诚才能感觉到别人的真诚。自己善良才能相信自己的善良。这是一个简单的道理，但聪明人就是悟不透。

厌倦：厌倦源于到达，人的天性就是不断寻找远方。陌生的永远是最美的，在追寻过程中对它充满了渴望与梦想。可是一旦到达，厌倦便开始启程。这是残酷也是真实。

也许以上语言在亵渎神圣，使它失去美丽的光环，让无数朝圣者感到偶像的沦丧。但是如同对待一个朋友，只有你首先容忍他者的缺点，你才可能从根本上接纳。只有首先对爱情所伴生的苦难有所了解，才有可能不至于在盲目膜拜之后看到真相备感失落，从一个极端走向另一个极端。

小马过河

"小马要到森林那边去，半路上碰到一条小河，小马犹豫着不知道该怎么办，就跑过去向一只老黄牛询问水深水浅，老黄牛甩甩尾巴，慢吞吞地说：'河水很浅的，刚刚能淹没我的脚。'小马听了正准备过河，一只小松鼠蹦蹦跳跳跑过来大喊：'千万别过去呀，会淹死你的，河水可深啦，昨天还淹死我的一个同伴呢。'小马犯了难，不知如何是好，就跑回去问妈妈，妈妈亲切地说：'孩子，河水是深是浅，你亲自下去不就知道了吗？'小马听了妈妈的话下了河。结果发现河水既不像老黄牛说的那么浅，也不像小松鼠说的那么深。"

相信很多人小时候都听爸爸或妈妈讲过这个故事，等自己有了孩子又会把这个故事讲给孩子听。如果将这个故事以不同方式解读，便会读出不同的味道。我们可以把它读成一个天真烂漫的童话故事，也可以把它读成一个意味深远的哲理故事。在这个故事里所有的角色仿佛都是一种隐喻，使得这个简单的故事充满了张力。

小马驮着妈妈交给他的一袋粮食，要到森林那边去，他要完成一件大事，以此证明他长大了、成熟了。可是正如你我所预料的，难题的出现是迟早的事。一条小河使得平坦的路途变成了险境，没有任何经验的小马，对莫测的河水生出重重疑虑，河水的深浅他是一无所知的。看来只有请教"过来人"啦。

老黄牛和小松鼠都是"过来人"，老黄牛说："河水很浅的，刚刚能没过我的脚。"他视此困境为草芥，不足挂齿。小松鼠则认为太危险了，并拿出一个强有力的证据"我的同伴就淹死了"。

从老黄牛和小松鼠各自的立场出发，他们说的都是实话，都是对的，但是，面对同样一个问题，如果让他们同意对方的意见，则是非常困难的。老黄牛多半认为小松鼠是夸大其词，充满了悲观色彩；小松鼠也许会认为老黄牛盲目乐观，太过自信，彼此难以达成一致。

站在阅读者的角度，对这个矛盾的焦点一眼便知。但是，在这里，我们（阅读者）是站在局外，以旁观者的身份鸟瞰全局，并哂笑他们的局限性，如果让我们参与进入这个故事中，我们失去了旁观者和评论者的身份，成为其中的一个角色，问题就不那么简单了。

老黄牛从自己的实践中得出的结论是正确的，那河水的确很浅，仅仅能没到蹄子上，小松鼠从自己的实践中得出的结论也是正确的，那河水的确足以淹死他的。针锋相对的结论，使得小马无所适从。在这里，我们从老黄牛和小松鼠身上似乎看到"人"的限定性。

我们每个人都只能站在自己的视角和出发点，观察这个世界。这样因为视角不同，必然产生不同观点，小松鼠和老黄牛观点的矛盾也就不言而喻了。所以，世界上矛盾丛生是不足为怪的，这也是世界的真实面目。如果小松鼠为了迎合老黄牛而放弃了自己的观点，对小马也重复了老黄牛的话，那才是真正的问题。事实上，在人的世界里，无数"小松鼠"因为种种不能说出的原因，放弃了自己的言说权，而重复"老黄牛"的观点，众口一词，人云亦云。这才是真正可悲的。另一方面矛盾丛生也并非绝对的坏事，观点的不一致，往往体现出思想和心灵的丰富性，如同自由的原野上开遍个性之花，每一种都具有它无可替代的独特气质和独特价值。如果有一天我们真的可以不用重复别人的话，而言说自己想说的话，那么我们距离幸福也就不远了。

我们再回到这个故事中，小马听了老黄牛和小松鼠的话感到无所适从，于是转身去问妈妈——老马。如果说老黄牛和小松鼠隐喻着两个从不同视角出发的言说者，那么明显地，老马扮演着哲人的角色，当我们遇到了人生大事不知该怎么办时，也会请教于哲学的，这时哲学才会生发出超越于尘世烟火气息的熠熠光彩。

老马显然也属于"过来人"，但她没有直接给出答案，因为她明白给了答案，只是让小马"知道"，而自己亲自实践了才是真正的"懂得"。于是老马亲切地说："孩子，你自己亲自试试，不就知道了嘛。"结果小马亲自下河实践，河水既不像老黄牛说的那样浅，也不像小松鼠说的那样深，这样小马也有了对河水的发言权，当然与前二者是不同的。

请让我们记住老马的话："你自己亲自试试不就知道了嘛。"很多事情别人的结论只是适合别人，但不一定适合自己，只有自己亲自下了河，才懂得事情究竟是怎么一回事。

民歌里的爱情

在陕北民歌里存在着大量的爱情叙事，这些动人的故事往往实有其人其事。在陕北大地上广为流传的过程中，不断增删描补，把一个简单的线条逐渐演化为一棵枝繁叶茂的参天大树，隐秘地折射出陕北人的爱情观。

"青线线那个蓝线线，蓝个茵茵的彩。

生下一个兰花花，实实地爱死个人。

五谷里的那个田苗子，数上高粱高。

一十三省的女儿哟，数得上那兰花花好。"

这是陕北的民歌经典《兰花花》，兰花花是陕北人理想爱情的寄托。传说兰花花确有其人，就生活在延安南部一个叫作临镇

的地方。

5 月里，已是杨花漫天飞舞时节，我们沿汾河而上，寻找兰花花遗落在人间的音容笑貌。

安静、平和的汾川树木已是新翠满目，一路深深浅浅的绿。从山林的深处徐徐传来布谷鸟幽幽的鸣叫，无端地将思绪牵引到天尽头飘浮的白云之上。晴朗的天空，阳光照彻山川，小小的临镇就安安稳稳地静卧在这里。

兰花花本名姬青芳，1919 年出生在临镇的一户普通农家，据说她从小姿容俊美，又常穿一身蓝色花布袄，因此落一个"兰花花"的美称。

偏僻的临镇人口少，物产却是极为丰富，民国时期各地逃荒要饭的聚集于此，据说有 13 省之多，因此民歌里大胆地唱道"一十三省的女儿哟，数得上那兰花花好"。美丽的女子是一种稀缺资源，总能激起人们无限的想象力。一个"好"字说尽了她无法言传的美。

兰花花的后人那里有一张泛黄的老照片，照片上的兰花花正当妙龄，肤色白净，骨相端庄，五官精致耐看。她是一个命运多舛的人，在人间只停留了短短 21 年，仿佛仅仅是因为爱情才来到人间。

17 岁时，像一朵初开的兰花，她爱上了同村的后生，两人好得难分难解。可是家里嫌他太穷，硬是把她嫁给了一户殷实人家。这个故事毫无出奇的地方，在陕北乃至更多的地方，婚姻生活往往是取决于家长对于利弊的取舍权衡，与当事者的感情倾向几乎没什么关系。

很多人通过陕北民歌揣度陕北人的性格，认为像民歌里唱的那么浪漫："鸡蛋壳壳点灯半炕炕明，酒盅盅量米不嫌哥哥穷"。其实不然，在世界的任何一个地方，生存都是第一要务。嫁给一个家境好一点的人家，生活得好一点，这并没有什么错，毕竟生活是第一位的，爱情当不得饭吃。在自古苦焦的陕北，生存更是艰难，人们对于婚姻的选择其实很现实。

兰花花的父母把她嫁给富户，也正是基于以上考虑。然而，兰花花短暂生命里的华彩乐章并不是她的初恋，而是她的婚后生活。这个灵动鲜活的生命并没有把自己交给日常生活，像陕北大多数女人一样将青春和热情耗损在琐屑无休止的劳作中。然后在生活的操劳下尽失风采，变成一个庸常的农村妇女。相反，她让自己游离于现实的规范之外，使得生命的色彩格外夺目。

在无数关于她的传说中，流传最广的是陕北"闹红"以后，据说在当时临镇所在的红泉县，有一位红军战士，能歌善舞，相貌英俊，兰花花和他一见钟情。两人相好不久，红军战士就过了黄河，东征抗日。两人分离后不久，兰花花因病早早夭亡。

那个红军战士抗战回来后，就停留在临镇，当了一名小学教师，《兰花花》据说就是他作词传唱的。

兰花花短暂的一生里始终被爱情滋养着，她始终生活在爱情里，犹如一朵兰花被露水滋养，充满了新鲜的生命气息。而她的爱情被广为传唱，所有渴望爱情的生命在她的故事里体味爱情的滋味。也就是说，每当《兰花花》那优美的旋律在苍凉的黄土高原上被那些拦羊嗓子回牛声甩出去的时候，提着羊铲的牧羊人或者吆喝着牛的庄稼汉歌唱的其实是他们自己。一个人不管拥有什么，在本质上最渴望的还是爱情。只不过有的人一生无缘遇见爱情，对于他来说，那只不过是传说中的青鸟，在梦境深处划过黎明的微曦，留下惊鸿一瞥。也有的人不敢追求爱情，爱情之于他是空谷幽兰，摇曳在别人的风景里，自己无缘摘取。

从这一点来说，兰花花是幸运的，她遇见了爱情，爱情照亮了一个原本平淡无奇的生命。如果不是因为爱情，她的生命是毫无光彩的，和那些普通农家女人没有什么两样。只不过，她的爱情不是标本意义上的爱情。在临镇现存资料里，我们可以看到，她爱过很多人，很多人也爱过她，21岁的生命烟花一般绚丽，烟花一般短暂。

《兰花花》的广为流传使得她在民歌里获得了永生，而在每个人的心中，兰花花代表着理想状态的自己，她替每个人淋漓尽致地活了一场。

阅读安徒生

2005 年 4 月 2 日，是安徒生诞生 200 周年纪念日。

我在网上查找到各式各样的纪念文章，多得目不暇接。许多人都以自己的方式纪念他，追念这位一生专门给孩子写故事陪伴全世界的孩子度过童年的丹麦人。

200 年前，在丹麦一个小镇奥登赛，安徒生出生于一个穷鞋匠的家庭，他童年的摇床是父母用有钱人废弃的棺材板做成的。他的家境用"穷愁潦倒"四个字形容一点都不为过。爷爷是个疯子，经常被小镇上穷极无聊的人追打取乐，奶奶是个洗衣妇，整日在富人们充满体臭和汗臭的衣衫裤袜中忙碌，却挣不了几个钱。

按照一般人的想法，这个孩子的一生应该是毫无悬念的，长大后就像他的父辈一样在拮据和奔波劳碌中度过平淡的一生。谁也没有想到，就是这个睡在棺材板上的孩子，创造了一个奇迹——全世界没有哪一个国度不知道他的名字，不同肤色的孩子们在他的娓娓诉说下慢慢长大，以后，那些童话故事就会变成他们内心宝贵的精神资源。

我多次在《安徒生童话》的扉页上端详他的容貌。这个相貌丑陋的男人，毫无出众之处。一张瘦瘦的脸印证着童年的贫寒，两只眼睛里充满了深沉的忧郁，他写了那么多爱情童话却终生未娶，也没有孩子。他奉献给了这个充满缺陷的世界最纯粹、最美好的故事，但世界却没有回赠他相同的礼物。他死后还被各种不怀好意的猜测中伤，有人说他是丹麦王室的私生子，并演绎出错综复杂的故事情节，用以解释这个穷人家的孩子日后所得到的种种"好运"，全然无视他为了实现理想而付出的艰辛努力。

也许这对于安徒生来说都是无关紧要的，正如《圣经》所说的，"重要的是给予"。上高中的时候，有一天忽然想起安徒生童话，想看得不行，就跑到学校图书馆借阅，在借阅登记册上一位老师的名字赫然入目。那时感到很惊讶，他的孩子都念大学了呀。几年以后，当我成为母亲，给我的孩子讲故事的时候，我才慢慢懂得，他的故事不仅仅是给孩子们听的。

在《野天鹅》中艾丽莎为了拯救被巫师变成野天鹅的 11 位哥哥，必须用荆棘织 11 件衣服给他们穿，只有这样才能让他们复原人形。同时，在通宵达旦的纺织期间，艾丽莎不能说话，否则荆棘做成的衣服就会失灵。为此人们都在猜测她是个恶毒的巫婆，并且准备烧死她。在这个情节里几乎暗示了作为生命个体的某种切肤体验：在很多时候，上帝只赋予我们去做事的责任，却没有言说的权利。除了忍耐，别无他法。

但是这些忍耐是有价值的，可以将一个人从泡沫般的喋喋不休中解放出来，使生命更加结实厚重。

《海的女儿》在我看来，几乎可以看作是爱情教科书，每个步入青春期的人都应该一读再读，从中咂摸出爱情的本义。

15 岁之前，人鱼公主必须要在海底等待，而她的姐姐们却可以戴着花环浮到海面上看人世间的繁华和美丽。这很像我们的少年时期：等待成年的过程那么漫长而寂寞，等待中充满不谙世事的伤感。终于有一天，人鱼公主也戴着珍珠花环浮到海面看世界，命运让她看到了那个王子，以后的一切都肇始于这惊鸿一瞥。为了赢得王子的爱情，她首先要具有人形。为此，她要付出代价：一是失去灿烂的歌声，变成一个哑巴；二是要王子必须爱上她，否则她会变成海上的一堆泡沫。

正如你我所预料的，事情正常的轨迹恰好是王子爱上了别人——世间很多爱情故事都是这样，充满了缺憾也充满了宿命。

我相信许多憧憬爱情的人，如果读懂了这个故事，也就基本上能明白爱情的本意了。

在丹麦首都哥本哈根，湛蓝的大海上微波荡漾，海边人鱼公主的雕像显得那么忧伤那么美丽，也许世上没有什么能成全爱情，爱情本身也不能。就像一朵花的命运，要么被拦腰折断，要么慢慢枯萎。

我常常想《丑小鸭》是不是安徒生的一个自我写照呢？

小鸭子生下来便丑。不，应该说是与众不同。因此，他受尽了嘲笑和欺凌。最残酷的伤害不是来自邻居母鸡大婶的品头论足，而是来自亲人——母鸭以及同胞兄弟。家人的无情伤害才是真正致命的。

就是这样，安徒生总能轻松地将复杂的世间百态位移到童话世界，将那些错综复杂的表象一一过滤，只剩下核心和本质，等着孩子们在以后的岁月里真正明白。

阅读安徒生童话，不同于阅读安徒生本人，这个丑陋的男人一生仓促潦草，不堪卒读，但是他的作品值得我们一读再读。

另眼看孔子

距离之美

曲阜的三轮车师傅告诉我，孔子生得不俊。白眼仁多，黑眼仁少。鼻孔外翻，牙齿缝大。脑袋的形状也没长好，四周高中间低，活像个倒扣的痰盂，而且个头也不高。这话虽有戏说的味道，要生在当代扮靓扮酷可就不行了。

可是卫国王后南子还是很仰慕他。要不怎么说野百合也有春天呢？南子美丽风流又与孔子沾点亲，因孔子才学出众声名远播而约见于他。这类型的故事非常多，比如杨贵妃就很欣赏李白，传说晋代潘安有一天上街购物被整条街的妇女围观并纷纷掷果以示慕意，典型的追星一族。这些多少像是现代爱情故事的古代版，浪漫加危险，充满悬念感。

于是孔子赴约，隔了一道帘子，隐隐听见南子在内还礼时玉佩叮当作响的声音，我想象流波宛转的双眼荡漾着几许温情，含蓄隽永的谈吐辐射出暖暖欣喜。我不愿歪曲孔子说他有登徒子倾向，更不愿意架空他说是发扬柳下惠精神。我宁愿认为他是个性情中人。他是聪明的。

他予以美生成的必要时间与空间距离。有一种感觉无须说出有一种风景不需要亲近，远远眺望本身就已是极致。尽管后来卫灵公与南子同车出游招摇过市，害得他肚子里冒出几个酸泡泡，并制造了一句名言："吾未见好德如好色者也。"

据说约见南子回来之后，子路责问他，孔子跳着脚儿说："我要有什么别的，我不得好死！我不得好死！"似乎太迂腐了，要是我，将会这么说："仲由，距离就是美，你懂不懂？老师我难道连这点高明也没有？"

其实距离于谁都是孔子与南子之间的那道帘子，好比我们在初秋的清晨，隔着河眺望对面葱葱郁郁的山峦，白雾迷离中的那份苍凉诗意，你能感觉到却无法触摸。距离太远，让我们彼此看不到对方挥手致意，太近，又像刺猬似的挤作一团彼此伤害。

孔子无意中为我们做了一个唯美的范例。

寂寞之味

许多文章谈起孔子总是赞他博大精深，以个人存在影响了中国2500年之久，可与西方的耶稣媲美。以至历来有"天下帝王

师，历代文人祖""半部论语治天下"之说。但我觉得考察一个人的影响力除过书本不妨还可以从市井细民那里寻找蛛丝马迹。

比如邻家大伯打了一宿麻将，别人问他战况，他摇摇头说："哎，孔夫子搬家——尽是书（输）。"

张三好吃贪色，他会振振有词道："孔夫子说了，食色，性也。"

王麻子笑话李四，就说"这人满口子曰诗云，呆子一个。"

"子"就是孔子。

可见，孔子的影响渗透了普通百姓的日常生活，与他们简直是炒面捏成的人——熟人。

在曲阜繁华的大街上处处可以嗅到孔子的气息，孔府、孔庙、孔林，还有大牌明星媚眼如丝道："孔府家酒，叫人想家。"你基本可以断定曲阜的繁荣与孔子大有关系。这一切给人一个错觉，好像他生前何等辉煌何等尽享尊荣。其实，他一生并不得志，只不过是个乡村老教师，尝尽了寂寞之味。

在河南濮阳的子路祠里有一幅壁画：当年孔子周游天下，迷了路，子路向路边两个农夫打听，结果两个农夫翻着白眼说："天下乱哄哄，你跟那个孔丘乱跑什么？"还有一次子路和孔子失散，碰到一个打柴老汉，向他打听，老汉讽刺道："四体不勤，五谷不分，还老师呢？"这句话后来专门用来训斥懒人。可见孔子在别人心目中只不过是个不务正业喜欢到处乱跑的家伙。

孔子生活的时代中国大大小小国家林立，但没有一个国君肯听他的主张。这让我想起另外一个人的命运：比才，100多年前，比才把梅里美的小说《卡门》改编成歌剧，在巴黎公演结果嘘声一片，观众对一个放荡的吉卜赛女郎用小刀扎人的故事根本不感兴趣。而比才在充满自卑的寂寞中死去。多年以后，歌剧《卡门》终获成功，成为经典。这样的人数不胜数，瞎子阿炳拉着《二泉映月》在大街上要饭，凡高的画不能给他换来一块果腹的面包。

还是李白喝醉了清醒，他说："古来圣贤皆寂寞。"不论在时间上还是空间上都是有超前性和广谱性。

其实寂寞不只天才独有，它广泛深藏于每一个心灵，缘自心灵无限可能的丰富性。现代社会网络、手机只能让世界更热闹，但并不能消灭寂寞，犹如厄尔尼诺现象使夏天越来越热但并不能消灭寒冬一样。寂寞是人生的必修课，比如路边的野百合独自天地之间，独自开放或凋谢，没有人知道它的清雅与芳香。每一个人终将体味什么是无人喝彩。

坚强是唯一可选择项

54 岁的时候，孔子决定周游列国，到各国宣传自己的主张，希望有人听从他，那个乱哄哄的年代，一切游戏规则都被打破，各种思潮纷纷出笼，而当时传播信息的媒体之一就是嘴巴，无数嘴巴都在说呀说的。

于是乡村老教师孔子花了 14 年工夫，颠沛流离，四处推销"仁政""爱民"思想，但到处碰壁，备受困厄，被敌对者包围过，五六天吃不上喝不上；被威吓过后只好扮成百姓惶如丧家犬匆匆出逃。在惊恐疲劳饥饿和失败中连弟子们都不免抱怨他。

68 岁的孔子终于坐在了家乡的一棵杏树下开始了教育生涯，也许应该为他的不走运庆幸，因为中国少了一个政客但多了一个教育家，一个中国历史不可缺少的人物。

2500 年后的一个下午，当我独坐杏坛石阶下，仿佛聆听一个智者的教导，那时的我几乎被挫折击得粉碎，多年相信的东西被一一打碎。生活以真实而狰狞的面孔告诉我一切都会改变。极端的迷茫中，我像一只无头苍蝇仓皇出逃。于是在那样一个静静的午后，人迹与尘埃静定下来，夕阳糅金的光无声洒在四周荒草丛中，一切都带有智慧的意味，我恍然明白，14 年的出游，隐含着一个重要的主题，那就是坚强，对大多数人而言，这是个耳熟的词语，可内涵并不是自然便能懂得，多是被生活百般捉弄和折磨之后的顿悟，坚强将是我们对抗厄运的唯一可选择项。

完美的背后
wanmei de beihou

就这样，在一个平常的冬日，在荒草断茎的杏坛旁，穿透无数沉重的黑色石碑上极尽溢美之词的华章，我的目光仿佛与这个貌不惊人的矮个老头对接，我明白对于这个伟大的哲人我只取一瓢饮足矣。

武则天的胸怀

有句俗话："楼有多高，阴影就有多长。"

生活中，我们经常可以看到：有本事的人被诋毁的概率往往比较大，反过来，有些众口称扬的"好人"，往往倒没什么大本事。

武则天就是中国历史上因为本事大而挨骂最多的女人。骂她骂得最凶、最出彩的当推"初唐四杰"之一的骆宾王，一篇《为徐敬业讨武曌檄》堪称骂人经典。骆氏骂人下笔狠辣、角度刁钻、堪称刀笔，开创了中国人骂人的新境界。

文章一开篇就从武则天"不正当"的男女关系下笔，"性非和顺，地实寒微，昔充太宗下陈，曾以更衣入侍，洎乎晚节，秽乱春宫"。一个品性不良、地位卑下、丑恶放荡的武则天跃然纸上。而"陷先帝与太子聚麀之讥"更是下笔如刀，刀刀见血，武则天先后侍奉两任皇帝不假，但是男女之间谁是谁非，凭何而定？光是女人的责任吗？凡事为男人开脱，把脏水泼向女人，这是中国男人根深蒂固的丑陋之处。

骆宾王所创造的"骆氏骂人法"有着四两拨千斤的神奇功效，直到今天市场仍然广大，比如某人骂他的敌人，往往从男女关系入手，一来不需要确凿证据，二来听众感兴趣，很多地方我们时常见到几个人脑袋对脑袋地凑在一起窃窃私语，某人的"桃色新闻"是真是假不要紧，只要有趣就行，传播起来就更快。凭他是谁，花花绿绿的传言一会子就把他搞得五麻六道的。这里我们要向老祖宗致敬，感谢他教会了我们怎么"稳、准、狠"地打击敌人。

后来的"文化大革命"就秉承了"骆氏骂人法"精髓，专事揭老底、挖隐私，一棍子下去就能把人打晕，当年经历过的人深谙其厉害。凭他是谁，没有不被一棍子打翻，再踏上一只脚的。试想哪个人没有隐私？谁人的成长史上字字闪光辉？《圣经》上说人都有原罪，就是说每个人的灵魂深处都有灰尘。每个人都有可挖的"丑"。

揭完老底，骆氏又历数了武则天的罪行"杀姊屠兄，弑君鸩母，人神之所同嫉，天地之所不容"！武则天被彻底妖魔化为一个杀人不眨眼的女魔头。

可是，回头一想，武则天的残酷是事实，但历朝历代，哪个君王不残酷？宫廷政治斗争中骨肉相残屡见不鲜，骆宾王竭力捍卫的李唐王朝就是一个典型。

当年"玄武门之变"太宗李世民杀了自己的亲兄弟，然后逼迫父亲李渊退位，自己当了皇帝。哪见半点骨肉亲情？然而，这种事情别人做得，武则天做不得，就像《阿Q正传》里赵老太爷不让阿Q姓赵，"你也配？"

据说，武则天看了这篇檄文后，赞赏不已。我想那一幕应该是这样的：武则天看完檄文，微笑着，将文章丢在案上，对宰相说：这就是你的过错了，怎么这么出色的人才被徐敬业给挖走了？

女性的优雅，帝王的气度，智者的胸怀凸显纸上。

而被骆宾王高度赞扬，奉为正宗，并从天时、地利、人和几方面分析利弊，鼓动天下响应的徐敬业反唐运动，到头来也不过是昙花一现。这说明了什么？人心的向背！对老百姓来说，谁能让他们把肚子吃饱谁就是好皇帝，管他姓李姓武，是男是女！据

说武则天曾经微服私访，看到一个老农吃饱了饭，拍着肚子哼唱。于是她放心了。

中国历史上皇帝多达230位，绝大多数碌碌无为甚至涂炭生灵，而武则天上承贞观之治，下启开元盛世，在史书上写下了浓墨重彩的一笔，堪称杰出的政治家。

今天，当我们站在武则天的陵墓前，细细阅读那面无字的石碑，仿佛看到了一个伟大女性的心灵史、成长史和奋斗史，那种不甘心被人左右命运，不甘心以客体的身份附庸于男人的心声，穿越千年与我们的心灵对接，于无声处提醒着女性，该怎样把握好自己的生命。

关于西施

浣江水哗哗哗地奔流在江南水乡，也奔流在无数文人的辞章里，比如"浣江春水急，似有不平声"。这条河流流经浙江省诸暨县境内，原来并没有什么名气，可是后来它与西施紧紧联系在了一起，引起了世人的关注，从春秋时期直到今天，几千年过去了，浣江水依旧，苎罗山依旧，只是没有了西施……

一场噩梦般的混战之后，越国被吴国所消灭。而西施因为美丽，一夜间由贫贱的浣沙女变成了越国人复仇雪耻的救星，从国王宝座上摔下来的勾践阴恻恻地交给她一项重任——设法使吴王夫差沉迷女色，慵理国事。

这样，西施被当作一件贡品连同许多财货一齐送给了夫差，夫差这个刚刚替父报了仇的毛头小伙子怎敌得过这温柔的阴谋？正所谓"英雄气短，儿女情长"。很快，他正如勾践希望的那样，沉湎于温柔富贵乡了。后来有个作家说："女人通过征服男人征服世界。"大概是从西施这儿得来的灵感吧。

十年之后，暗中发奋的勾践一举复国，杀夫差灭吴国，做了春秋时期最后一个霸主。而他立志复仇，卧薪尝胆的故事也被当作发愤图强的典范而流芳千古。我的老师就曾给我们讲过这个故事鼓励我们好好学习。

那么，西施呢？这个为此而付出人格代价的女子哪去了？——据说，她被沉入了江底。"红颜祸水"，用完了不扔还等什么？

事情是这样的，勾践灭吴之后，也曾恋西施美貌，欲带回去自己享用，不料勾践夫人坚决不允，一次趁丈夫外出，将西施装入麻袋丢入江中，勾践回来问起，夫人厉声说道："亡国之物，留之何用？"

白胡子的历史学家写到这里或许捋捋胡子沉豫一下，然后佯装忘记，谁也再没提起。

可是老百姓没有忘记她，给她设计了许多美好的未来，最有影响的是这样两种说法，她与情人范蠡双双北上做生意去了。后来发了财的范蠡就是有名的陶朱公。今天的河南省范县据说他俩曾居住过，当地许多范姓人都自豪地宣称自己是西施的后裔。

还有另外一种说法缘自明代昆剧《浣纱记》。剧作家梁辰鱼到底善良，他给西施安排了这样的结局：她胜利完成任务后与范蠡归隐太湖，泛舟碧波过着古代文人最羡慕的一种生活，正合功成身退，才子佳人，珠联璧合的大团圆结局。

这些说法体现出老百姓对西施这个被人阴毒地利用后，又惨遭毒手的弱女子的怜悯。也许我们的思考力还赶不上艾特玛托夫的《白轮船》中那个小男孩，他这样问爷爷："为什么有的人歹毒？为什么有的人善良？为什么歹毒的人幸运，善良的人不幸？"面对这天真而深刻的问题，我们也许只好回答："善有善报，恶有恶报，不是不报，时候未到。"来搪塞了。

不只是西施，在陕北，从贩夫走卒到引车卖浆者乃至街头瞽

目艺人中广为流传着一首歌谣："米脂的婆姨，绥德的汉。"不用说源自貂蝉。正当二八年华的貂蝉为报答司徒王允的"大义"拼弃自身荣辱，巧言令色周旋于董卓、吕布之间离间二人，除去了暴虐的董卓。然后呢？照例没有了下文，一说她是遁入空门，终生与青灯古佛做伴。另一说是她死在了关云长的青龙偃月刀下，因为关羽是"女人祸水"论的支持者。

每次想起她们，我深深地感到悲哀，也为那些津津乐道于此，却全然忘记西施和貂蝉们的血泪的人们而悲哀。人生对于她们只是一场热热闹闹的悲剧。可惜人们只看到表面的热闹。

"男人通过征服世界而征服女人，女人通过征服男人而征服世界。"这话曾被许多人引用，几乎成了至理名言，许多爱犯"格言病"的人把它当成了指导人生的航标灯。而全不理会其中的偏颇与狡狯。前几天看一个电视节目，三位特邀女嘉宾在台上滔滔不绝，其中一位把女性的成功照例归结到这一句上。一时台下观众掌声如潮，似乎得到了某种启示。我认为所谓格言并不是包治百病的"神药"。虽然有人是通过这条终南捷径成功的，但在一个基本上仍是男权的社会里，一切美丽的童话会像肥皂泡一样脆弱，西施貂蝉都为后人做了无言的诠释。

海瑞的悲剧

海瑞在中国普通百姓心目中几乎是一个象征符号——刚正不阿的清官标本，同时又是一个品质高尚的道德模范。或者说，他是一个神话，一个被高高供奉于神位上的孤独的偶像。

但是，如果穿越历史厚厚的迷雾，将他还原为一个普通人之后，我们会发现海瑞的一生充满了悲凉的味道。在大明王朝的苍茫暮色里，他像最后的一抹晚霞，那么悲凉，那么艳丽。

然而，他的悲剧同中国古代知识分子的悲剧又有所不同。

在科举制度及上溯的门阀制度下，知识分子的悲哀多数在于怀才不遇，他们认为自己具有匡事济世的本领却难见英主，因此才有了以王粲为代表的一大批失意文人。我想象他们多是面容清瘦、眼神忧郁、孤独地彷徨在水边泽畔。翻翻中国古典文学，他们的作品是满纸的悲愤怨怅，充满了对命运的哀怨和无奈。

海瑞不同，事实上他是科举制度下的幸运者。

海瑞出身贫苦，幼年丧父，寡母一手将他拉扯大。凭十年寒窗苦读，一举及第，由偏远荒蛮的海南而跻身士林。

"朝为田舍郎，暮登天子堂"，这是科举时代所有来自草根阶层的知识分子的共同理想。海瑞当然也不例外，他的心里充满了对当朝天子的感激之情，渴望自己的才能和智慧能为这个国家效劳。事实上，海瑞为官以来，致力于造福百姓，很快赢得了良好的政声。

然而，海瑞偏偏生在明朝的嘉靖、万历年间，此时明王朝已进入"下世"光景，先前朱元璋、朱棣们的励精图治，企图建功立业的豪情已经荡然无存，朝野上下暮气沉沉。嘉靖皇帝整天整夜和方士们混在一起，烧香炼丹，一心想觅求能够长寿的仙方，对国家大事懒于过问。万历皇帝20岁时居然就开始为自己修建陵墓。在今天，我们还能看到北京明十三陵中的定陵，这座华丽壮观的坟大概就是万历皇帝最用心良苦的一个"政绩"了。

处于这样的一个时代，那些饱读圣贤书，渴望将圣人教诲付诸实践的读书人便先天地注定了他们的不幸命运。1566年海瑞因犯颜直谏被东厂逮捕下狱。事情是这样的：1565年11月海瑞向嘉靖皇帝上书，他的奏折中指出在皇帝当政期间，官吏贪污，赋税繁多，盗匪横行，社会风气铺张浪费，更指责皇帝本人不该方士混在一起，做一些无聊的事。嘉靖皇帝大为震怒，立刻要将他捆来打死，亏得旁边有人极力劝阻，说这海瑞一贯迂腐固执，上

书之前他叫家人把棺材都买好了，皇上如果真的把他打死，反倒成全了这个呆子的美名。嘉靖方才无奈作罢。事后还是咽不下这口恶气，一年以后，找个茬子把他押入了大牢。

按说，吃了这么大的亏，人也就学乖了，不再去做那些吃力不讨好的事。可海瑞没有，他天生不具备这个本领。

实际上在任何一个昏昏欲睡的时代，一个人想要幸福，首先也要设法使自己昏昏欲睡，最好天生就是如此。这样，他的幸福指数便会比较高一点。有时，平庸的人真的比较幸运。但是，如果一个人生来具有过人的才华，清醒的头脑和耿介的性格，那么他的不幸也就大体上被注定了。很多人熟悉郑板桥的"难得糊涂"四字，以为意思仅指做人要糊涂一点，不要太计较小事。其实，这四个字充满了一种苦痛感。犹如一个人在黑夜里头脑清醒无法合眼，看到别人酣然入睡而产生无比的焦灼与痛苦：我为什么睡不着呢？

再也没有比"难得糊涂"四个字更能深刻地描画出内心的孤独和悲凉了。

人无法选择生于怎样的时代，海瑞无法逃避他的命运。

这个天生的理想主义者，在传统知识分子"欲为圣明除弊事，肯将衰朽惜残年"的信念支配下，1586年发生了一起中国版的"堂吉诃德大战风车"事件：那一年海瑞任职南京右都御史，上任后立即颁发了一系列制度，企图掀起一场"廉政风暴"。凑巧一位官员在自己家里招了一班戏子唱戏，海瑞认为这是败坏世风，立即把他抓来杖责一顿，意思是杀鸡给猴看。不料这事在南京城内引起轩然大波，大凡有点钱的人家都曾招过戏子唱堂会，给家人做寿或办喜事，官员们自然更不例外。那是当时的一种时尚和潮流。而海瑞却将细小的道德长矛投向了巨无霸的风车——整个官僚阶层乃至社会。结果可想而知，他遭到了士林阶层中所有人的排斥，被人哂笑为一个"作秀爱好者"，诽谤他有意在公众面前夸耀自己的廉洁，一心想扬名，是个哗众取宠的伪君子。

就这样，在以讹传讹的流言中，海瑞被妖魔化为一个另类。在人们的言谈中，他古怪迂腐可笑至极，连他忠心耿耿所要报效的当朝天子也极为明确地指责他为人迂戆（不通情理且脾气暴躁）。

"学成文武艺，货与帝王家"。皇帝的赏识才是一切价值的终极体现，连皇帝也不喜欢他，那么他只能踽踽独行了。

反观一个时代，如果一个官员的正直与清廉不为主流意识所承认而被人所耻笑，那么这个时代早已病得不轻了。

世风最能检验一个朝代的疾病。海瑞的悲剧折射着时代的悲剧。

海瑞一生没有给自己置办田产，死后，家里仅有 20 两白银，以至使他难以入土为安，但他的清廉与正直获得了普通老百姓的爱戴和纪念。至今，在海瑞纪念馆里还可以看到参观的人络绎不绝。而明王朝的怠惰和腐朽，在海瑞死后不到一百年得到了彻底的清算，明末陕北大旱，饥民遍野，穷汉李自成揭竿而起，来自东北的草原部落也趁势而入，一举摧毁了这个徒有其表的帝国。

当一切尘埃落定，华丽庞大的朱明王朝成了史书中冰冷的文字和人们随意的笑谈；当历史照进现实，我们从来没有感觉到历史已经走远，每次提起海瑞这个名字，我们感到它仿佛有一种坚硬的质感，在阳光下熠熠生辉。

完美的背后

李隆基和杨玉环，这一对著名恋人的爱情故事，几乎是完美爱情的典范。一个是位尊九五的帝王，一个是花容月貌的佳人；一个精通音律，被后世尊为梨园之祖，一个擅长舞蹈，一曲《霓

完美的背后
wanmei de beihou

裳羽衣舞》艳惊四座；他们集权力、财富、美貌、魅力、才华于一身，堪称是珠联璧合。

诗人白居易的精心雕琢，一曲爱情挽歌《长恨歌》横空出世。经过他的生花妙笔，李隆基和杨玉环变成了爱情的标本，犹如蝴蝶的标本一样，剔除多余、干净爽利地放置于真空的玻璃匣内，供人歆慕。"七月七日长生殿，夜半无人私语时：在天愿做比翼鸟，在地愿为连理枝。"李、杨二人的誓言已成为千百年来无数恋人的公共话语。

作为皇帝，李隆基对杨玉环的宠爱实为罕见，有一个很有名的典故：杨玉环很喜欢吃荔枝，李隆基就专门派人从四川到长安星夜火速传递，驿马日夜兼程，风雨无阻，引来了无数好奇与猜测的目光："莫非大唐有什么紧急军情？"闹了半天是荔枝惹的祸。诗人杜牧作诗讽刺："一骑红尘妃子笑，无人知是荔枝来。"从这一件小事中不难看出皇帝的爱情成本很高，小小一颗荔枝就要无数人付出血汗甚至生命。更有人说，这件事早早预示了大唐必将走向衰亡。看来皇帝的爱情与政治是无法分开的了。

而当我们看到李隆基专门为杨玉环量身定做的超豪华浴室——"芙蓉汤"时，"三千宠爱于一身"是何等的荣耀，则丝毫不难想象。据史料上说，"芙蓉汤"的四周以蓝田出产的一种名贵的粉红色"芙蓉玉"砌墙（因为杨玉环小名为芙蓉），仅此一项，昔日的奢华可见一斑。正是在这里，才有了"温泉水滑洗凝脂，侍儿扶起娇无力"如此香艳的情节。

我们看到了李隆基对杨玉环的万般钟爱，一个女子能得到如此隆重的眷顾，难道他们的爱情还需要质疑吗？

但是，事情并不是我们想象的那样，即使在李、杨这场华丽的爱情故事中，我们仍然能看到很多杂质。这些杂质几乎使大唐江山易手。

在李、杨11年的共同生活里，李隆基并不只钟情于杨玉环一人，期间，他与江采萍，侍女念奴以及杨玉环的胞妹虢国夫人

・完美的背后・

都产生过恋情，后三者都是当时的"名女人"，江采萍会写诗，有"才女"之称。念奴是一位歌唱家，后来的词牌名《念奴娇》就是因她而命名。至于虢国夫人，应该说她是一位另类。非常有个性，朝见天子也不化妆，所谓"淡扫蛾眉朝至尊，犹恐脂粉污颜色"，可见其漂亮自信。

而杨玉环也没闲着，这个享乐主义者，敢于将一切拿来享乐。她与安禄山的瓜葛为大唐埋下了一颗定时炸弹。

外表愚鲁，内心狡猾的安禄山正是通过她获取了李隆基的信任。

据说安禄山第一次进宫谒见，只拜杨玉环而不拜李隆基，别人责问于他，他说："我是个胡人，我们只知道有母亲，不知道有父亲。"一席话惹得贵妃大笑：这个来自荒寒之地的野蛮人太好玩了，那么憨厚，那么愚昧。当他跳起胡旋舞时，那肚皮垂膝的样子也显得那么好笑，他哪里像个堂堂的武官啊，他简直是个丑角，一块笑料！而安禄山也竭力把自己伪装成一个小丑，甚至赤身裹黄绸装作婴儿，睡进摇篮车里，被杨玉环当作干儿子四处招摇玩乐，以此博得她的欢心。然后曲径通幽，通过她又获得了李隆基的信任。

大臣中有人议论说安禄山谋反，李隆基听了不以为然，他认为一个供人玩笑的丑角怎会有那么大的胆子呢？何况他看上去又那么傻里傻气，没一点城府。

公元755年，一向海晏河清的大唐突然风云变色，胡人安禄山的铁骑踏破洛阳，一路杀来。李隆基这才看清，原来他豢养了一只恶狼！无奈匆匆踏上逃亡之路，一行人慌不择路，饥不择食。不料，噩梦仍在继续，马嵬坡下，六军哗变，愤怒的军士们要求处死杨玉环，在他们的眼里，杨玉环与李隆基不过是妲己之于商纣王，褒姒之于周幽王。这时李隆基才认识到大唐早已病入膏肓，真是处处风波处处愁！

国家危亡之际，揪出来的祸根总是女人，就这样，杨玉环为

・53・

她 11 年的爱情付出了生命的代价。李隆基也同样付出了代价,大权旁落,孤馆寒窗了此一生……

千百年来,李、杨的爱情活在诗歌里,活在戏剧里,活在荧屏上。一切看上去很美,美得没有任何败笔,没有任何漏洞。然而,从另一个视角审视,这场完美爱情正如张爱玲所说的那样:"比如一袭华美的袍,里面爬满了虱子。"

深秋里的祖母

一

秋风刮过田野,玉米金黄,谷子金黄,满山满坡成熟的庄稼金光闪闪,在耀眼的太阳下懒懒洋洋,仿佛快要盹着了。那时祖母还很年轻,皮肤洁白,目光明亮。她在深秋的打谷场,用簸箕簸谷子,一桩桩谷子胖墩墩地立在旁边等待检阅。在簸箕的翻飞里,谷子的细屑随风扬起,形成一团金黄的雾气,细屑子和秕谷飘落在祖母的发髻、衣襟上……

我的脑子里,总是浮现出这个意象,但我清楚地知道这都是我的臆想;当我的祖母在黑河边的凉水崖村用簸箕簸谷子的时候,我还没有出生,我的父亲年仅 3 岁。那个冬天,债主们纷纷寻上门来,叫嚷着要祖母替刚死去的祖父还赌债。新寡的祖母一面低声哀求债主们缓一缓账,一面和面做饭招待他们,3 个孩子惊恐不安地缩在炕角,大气不敢出。

祖父在本地是出了名的好赌,输光了一份家产以及祖母丰厚的陪嫁。60 多年前,当他再一次输得连身上的褂子也抵给别人时,只得回家。也许是懊恼也许是天意,几天以后,当他被放羊人发现时，已经死在天窨里。天窨就是在陕北的丘陵沟壑里，夏天洪水冲开的深窟。经常有人或牲畜掉进去，轻则伤残重则丧命。下葬祖父的时候，祖母一滴眼泪也没掉。

在黑河岸边几百里地，赌债大如皇粮，一定要还的。它暗示着一个人甚至家族的信誉度。一个欠了赌债不还的人家是绝不会有人愿意和他们打交道的，人们认为这家人"相信"不好，甚至不愿意和这样的人家做亲。巨大的灾难反而能唤起巨大的勇气，富家出身的祖母只身扛起了还债和养活三个孩子的重任，比村子里最能干的男人丝毫不差：拿粪、间苗、收割、打场，白天上山劳动，晚上就着灶火的余烬那点微弱的光亮纺线、织布、纳鞋底。多年以后，当祖母衰老得如同枯萎的树叶，坐在炕头向我缓缓讲述那段岁月时，我疑惑她瘦弱的身体怎么蕴藏着那么大的能量。而她对劳动的热爱几乎是偏执的，病态的，让人联想到酒鬼对酒的热爱，赌徒对骰子的热爱。也许是人的命运造就了人的生活方式，劳作成了她一生的爱好，直到93岁的时候，她还是每天早起一定要把院子打扫一遍，否则会闲得难受。

年关跟前，债主们又坐满了炕头，咆哮着要账。那些被祖母一粒粒种出来，收回来，碾了皮，入了仓的粮食被债主们驮上马背，祖母站在寒风里看着他们走远，没有一滴眼泪。凉水崖村的人们有些兴奋有些幸灾乐祸地看着她，看着这个曾经优裕而今败落，曾经明眸皓齿而今风里来雨里去的女人。他们在无数次闲谈中预测这个女人将如何被残酷的生活碾得粉碎。然后回过头来感觉自己虽一日三餐不济，但比起她来还强些，以此触摸到幸福的体温——人的不幸或幸福就是这样通过比较而被感知的。

祖母93岁去世，守寡63年，还债15年，令凉水崖的人们不得不刮目相看。她以她一生的光阴为抵押赎回了尊严。为此我的父亲一辈子厌恶赌博也严禁我们赌博。

二

我所能追溯的祖先仅限于祖母一代，其他的均已陷入一片模糊，湮没于历史之中，他们不曾留下姓名和事迹，但在清明节的时候我们奠祭他们，缅怀血管中血液的上游，是他们的存在才给了"我"存在的前提。

祖母常说一句话：人只是到阳间转一遭。现在吃完了阳间该吃的饭，做完了阳间该做的活儿，也受完了阳间该受的苦，过完了属于自己的日子，祖母安息于地下，仅仅留给我们一抔小小的荒坟。

我血管中血液来自于她，我的身上太多的地方带有她的印迹——因为一件琐事，母亲指责我："跟你奶奶一样犟！"我才知道不管我喜欢不喜欢，许多东西都不由分说地打上了她的烙印。面对她的坟茔，我的脑子里不断翻腾着那些记忆的碎片，经历岁月的酿造，那些苦难散发出淡淡的清香。

她的父亲，也就是我的外曾祖父，曾经是富甲一方的皮货商。从凉水崖出发往东一直到省城，一路都有他们的商号，驮着皮货进城的商队一路上都是睡在自己的店里。如果按照命运的常态，祖母会过那种衣食无忧的生活，可是仅仅因为外曾祖父的一句话，祖母便改变了命运。一个冬天，他和一个多年不见的老朋友见面，闲谈间，对方说："咱们不如结成儿女亲家。"他点头说："行啊。"第二天，对方就提着一包点心和一瓶酒来定亲，尽管外曾祖母说什么也不答应，他自己也很后悔一时的轻言，但拙朴的个性使他没有办法在朋友面前改口，就这样祖母的命运转向了另外一个航道。

在过了17年的优裕生活后，祖母被一顶花轿抬到了几十里外的一个村庄，开始了她勤苦辛劳的农妇生活，也许天生懂得向命运妥协，那双调朱弄粉、绣花拈线的手握着锄头，推着石碾并逐渐粗糙起来，但是她的辛劳毫无价值，丈夫会在一夜间把所有的收成输给别人，然后回家摔盆掼碗打妻骂子。

从祖母的述说里，我开始慢慢地相信命运，一个没有任何理由遭受不幸的人偏要承受最痛苦的打击，只有命运可以解释一切。

祖母无数次地向我们提起祖父掉进天窖一事，她多次说，当她听到报信的说完这些话后，反而长长舒了一口气。在祖父的葬礼上，她也没掉一滴眼泪，为此她一直受别人的指责，但这些都不重要，重要的是，从此之后，她可以过安生的日子。至于爱情，那是奢侈的东西。没有，日子也照过。63 年的孤独生活，长得超过我的想象，但我知道这一段漫长的岁月，并不是潦草到可以随便一笔带过，是什么支撑着一个小脚女人的生活？从哪里焕发出如此强大的热情，使她坚持未改嫁？

祖母向我说起她的一个本事：冬天夜长，人睡不着，便在黑夜里起身穿好衣服，从炕边的箱子里抓一把铜钱，多少年来抓出来的手劲儿——不多不少 50 个。然后向黑洞洞的地上一撒，人便潜入沉沉的夜里，一个一个地寻摸，那些铜钱也很听话，东躲西藏的，有的钻进灶火，有的躺进鞋壳，还有的溜进大瓮旮旯里。等她一个一个地把这 50 枚铜钱找到，人也累得腰酸背痛的，这才上炕睡觉。

我看得见祖母如何在黑夜里一寸一寸地消耗光阴，消耗她自己；也看得见漫漫长夜里的寻摸是如何消耗一个年轻女子的青春年华和美丽容颜。

祖母的手腕上有一对银手镯，打我记事起一直戴着不肯卸下，直到去世。我无端地希望这对手镯是某种类似于情感的象征符号，背后隐藏着半个多世纪以前的一段沉默的历史。在这段历史中，细节只能靠想象填补了。我希望她在这段 63 年的空白中有一份温柔的安慰。是的，一个再勤劳的人，生命中也不能仅仅只有劳作，还应该有欢乐和幸福，也许它们短暂而微弱，但它们才是支撑生命的强大力量。当然这些只是我一厢情愿的臆想。

三

苦难造就善良，也同样造就刻毒。在祖母身上二者是如此鲜明突出：她可以将自己碗里的饭拨给乞丐，自己饿着。也可以当面詈骂正在生孩子的儿媳妇。对祖母的刻毒领会得最深刻的当然是我的母亲了。

父亲 15 岁时，祖母就开始四处托媒、寻亲，她不允许自己的儿子娶不上媳妇，甚至比别人迟一点也不行，那样会被人认为是因为他们太穷，当然这并没有错。可是贫穷在她看来是羞耻的，她性格中强悍的一面再次凸显出来。

她相中了蓝地村的母亲，那时的母亲正值如花岁月，能歌善舞，身体健康，充满了阳光气息。母亲的家境也相当好，外祖父开着一家染坊，成匹成匹的白布浸在染缸里变成蓝天的颜色，太阳的颜色，花朵的颜色。当然两家的家境是悬殊的，但祖母并不自卑，她以生病为由叫回了城里念书的父亲，命他穿上借来的衣服，跟着她到蓝地村走亲戚，父亲惊奇地说："怎么从来不知道蓝地有个亲戚呢？"祖母嗔怪他多嘴，命他好好赶车就是了，临进村又让他把眼镜摘下来。就这样，她精心安排了当时并不知情的父亲和母亲的第一次见面，这次相亲很成功，正值人生最好年龄的母亲看中了浑身书卷气息的父亲。

一个月后，新媳妇就进了门。结婚第二天，母亲发现炕上的新被新褥子不见了，便到婆婆那里问究竟，祖母端坐炕头，两只小脚窝在怀里，脸上的表情被严冬冻住了似的，冷冷吐出两个字："还了。"一种受欺骗的感觉惹恼了母亲，她一扭身跨出门，倏地一把锋利的剪刀横飞过来，划破空气，狠狠击中了母亲的脚踝，刚刚做了新娘的母亲，有些狼狈地蹲坐在门槛上，捂着脚踝，殷红的血流在地上，很快被土吸吮了进去。

也许这一剪子击中的还有很多很多的东西。一个面对苦难刚毅如水的人怎会对刚刚过门的儿媳施威，我无法得知。从此，母亲的性格变了，软弱胆小，和众多在残酷生活面前一筹莫展的女人没有什么不同。经常处于无休止的指责中，在婆婆眼中她充满了缺陷：头发总是乱蓬蓬的怎么也梳不齐整，一双大脚走起路来吧嗒吧嗒活像过来一队骆驼。人是经不住指责的，久而久之自己也会认为自己就是别人所说的那个样子。而祖母，我以为她经历了无数磨难应该更加仁慈，可是一切出乎意料，在晚年，她的暴躁与易怒更是达到了让人不能忍受的地步。

母亲每顿饭要给她亲自端去，有一次面条稀了点，她竟将碗劈面砸过来，然后跳下炕大嚷："你们存心饿死我？把你们这股子没良心的！"已经习惯了忍让的母亲低头打扫，而我的牙咬得咯咯直响，来自血缘的天然亲情早已荡然无存，她的刁蛮与强横激怒了我，我心里无数次地想象为母亲出气，但始终只是想象。直到现在，面对荒坟，我多次试图理解她，诠释她恶毒背后的理由，但，始终无法将她破译，唯一可解释的就是苦难扭曲了她，我不知道这个解释是否切中要害。

如今她已安息在地下，一切恩怨化为云烟。我的母亲跪在她的坟前哭得很伤心，时光让一个人的缺憾也渐渐淡化，而呈现在我眼前的还是那个深秋里的祖母，高高扬起簸箕，谷子在里面跳舞，闪着金黄色的喜悦的光泽，她要用这一颗颗饱满的粮食打造儿女们强健的躯体，打造家族的荣誉。

光　阴

30 年前的光阴仿佛走得慢一些，日子那么长，太阳好像钉在半天空里，透过教室的窗户望望一动不动。过上好长一会子再望望，还是一动不动。忽然，数学老师手里的教鞭啪啪啪地敲在我

完美的背后

wanmei de beihou

的桌子上，"注意听讲！"她的白边眼镜后面一双严厉的眼睛仿佛结着冰，令人联想到三九天冻结的河，表情和数学课的四则运算一样乏味。从那时候我就知道女人要是不爱笑是多么难看。数学老师经常把我的同桌来丽从座位上提起来，"嚓嚓"两把撕碎她的作业本，然后摔在她的眉眼上。来丽没反应，只是瞪着一双大而无当的眼睛，瓷丁丁的。来丽是河南人，一张扁扁的脸，上面布满了雀斑。她是班上学习最差的、年龄最大的学生。

我不知道为什么每天的第一节课是数学，为什么不是语文呢？我多么喜欢上语文课啊，可惜时间总是那么短，感觉老师才讲了个开头就"丁零零"下课了。我们的语文老师很年轻，我们都叫他小于老师。小于老师头一次来上课时，还没说上几句话就脸红了。胆大的来丽就在下面咻咻地笑。不过没几天就没人笑他了，小于老师课讲的好，有趣。他从来也不会像数学老师那样指着我们的鼻子骂笨蛋，或者让全班同学举手选出一个笨蛋。他很温和，即使生气了只是停止讲课，看着我们一言不发。沉默胜过开口，教室里很快就会安静下来。小于老师还会画画。那时候，课程很少，课本很薄，好像也就是语文、数学。每天下午早早就放了学，大人们还没有放工回来，我们就四处游逛。

有一次黄米米叫我去看猫头鹰的窝，那是我唯一一次看见猫头鹰，倏地从黑洞洞的窝里飞出来，展开的两翼足有一米长。那天回来的路上，老远看见小于老师坐在山坡上画画，他的面前是连绵起伏的祁连山。我们看到画板上祁连山成了钢蓝色。黄米米说不咋像嘛。我没有吭气，我注意到小于老师的手和我们的手是不一样的。我们的手一到冬天都要冻得开裂子，一个个鲜红的小口子渗着血，钻心地疼痛，而且都是惨不忍睹，红通通肿得和胡萝卜差不多。小于老师的手那么白皙，手指修长。我听住同一个院子里的飞利说，手指头长是弹钢琴的手。飞利的父母是上海人，大概说的不会错。那么小于老师会不会弹钢琴？我很想知道，但又不敢冒冒失失地开口。

· 60 ·

我多么希望小于老师能注意到我，我就好好上课，积极举手回答问题，早读课我的嗓门比谁的都高，一节课下来震得嗓子疼。期中考试我得了第一名，有一次课间操，我到老师办公室交作业，小于老师从抽屉里拿出一块糖给我，那是本地产的樱桃糖，舔一下，涩涩的，有股淡淡的甜味。我心里像开满了鲜花似的，盛得满满当当的喜悦。我给谁也没说，牢牢把守着暗暗的幸福。可是黄米米她们几个交作业回来说，老师也给了她们糖。来丽听见了，也兴头着交作业去了，一会子回来了说，小于老师拿香胰子给她洗了个手，闻一闻香香的。来丽把着两只手让每一个人闻，说那香气甜甜的跟糖一个样样的。我没闻，来丽的手伸到我面前时，我一躲，身子侧过。来丽才不在乎，反正她的脸皮是够厚的。

假期，姐姐终于回家了，姐姐在县上念书，我从来没去过的大地方。她送给我一条漂亮的发带，金色的丝线织成的回形方格，在阳光下闪着不可捉摸的光泽。姐姐特意给我洗了头，然后把那条金色的发带扎在了我的头上。镜子里的我是多么漂亮啊，我对这镜子微笑着想，要是于老师看到会是怎样的呢？

漫长的暑假我们玩遍了所有的游戏，藏猫猫、跳方方。终于有一天来丽提议我们到学校去玩，学校有什么好玩的？大家都反对，来丽说咱们的沙包叫校长扔在房顶上了，反正房顶也不咋高，咱们上去捡沙包吧。来丽还说快开学了，小于老师可能回来了。我的心里高兴极了，找了个借口回家，翻箱倒柜从一个塑料文具盒子里找到了那条珍贵的金色发带，加心在意地对着镜子梳好头发，戴上它。黄米米眼尖说，哎呀，这条发带可真亮眼。来丽撇撇嘴说，早上打扮该打扮，中午打扮白打扮，晚上打扮找老汉。我脸红了说我姐姐给我梳的头。

放了假的学校一片荒凉，平时光溜溜的篮球场竟然长出了一丛一丛的野草，整个校园寂静空旷，空气里散布着一种凄凉的气息。我们在路上猜测，米米说于老师肯定没来，来丽说来了，我

都见了。我们都说来丽撒谎。小于老师住在祁连山那边，要翻过扁都口呢。

小于老师的门竟然是开的。门上的锁子挂在钉锔儿上。显然，他已经返校了。来丽一努嘴叫米米上前敲门。门开了，小于老师走出来，微笑着和我们打招呼。他的目光似乎在我的金色发带上停顿了一下，我的心里一紧张又舒张开，一种说不出的感觉，怪难受又很兴奋的。稍许，姐姐的面孔竟然从黑暗的屋子里浮现出来。

"谁让你到处乱跑的？"她一声怒喝，所有的目光都射向我，仿佛拿狼牙刺劈头盖脸刷来。我感到阵阵疼痛，颜面火烧火燎，恨不能变成个气泡，立即破灭。

这件对我来说很难堪的一幕，尤其是当着小于老师的面，不过几天也就淡忘了。那时，几乎每个小伙伴都有过挨打受骂的经历。不过，那终究是一件令人难过的事情，我的姐姐怎么能在那里呢？

有一天，米米和来丽又来叫我去地里掐青稞，五六个人散开在一碧万顷的青稞地里，每人挎个布兜，双手不停地掐，直到布兜里鼓鼓囊囊盛不下为止。那时天光很长，天黑得很迟。从地里出来，歇在田埂子上，回头望望，天边的彩霞还没有散去，给祁连山镶嵌了一道金红的边，我就想小于老师如果能画下来多好。

伙伴们拿自己兜里的青稞相互比较，来丽得到的表扬最多，她最能干，掐的青稞颗粒饱满，不老不嫩刚刚好。回家把青稞放进锅里煮，太老的吃着费劲，嚼得两边太阳穴疼，太嫩的又吃着没什么味道。而我掐的青稞总被人批评不是太老就是太嫩。

上炕睡觉的时候，我才发现我的发带不见了。到底丢在哪里了，我怎么也想不起来。或许是丢在青稞地里了，一连几天我和伙伴们在掐青稞的地里细细找，连个影子也没找到。

一年以后我在来丽的衣领上看见了它，那条金发带被来丽的巧手妈妈给她做的红条绒衣服领子上镶了一条灿烂的花边，在太阳地里金光闪闪。

丢失的家乡

车过村庄，六月正是庄稼蓬勃生长的季节，稠密的麦子随风一波一波卷起麦浪，像是童年生活过的草原，那风吹草低星野四垂的草原此刻也正是一碧千里的好时光。

常常无端想起家乡，不仅仅是想起曾经生活过的地方，也不仅仅是想起那些山，那些水，那间住过的老房子。还想起停留在家乡的那段童年岁月，留在家乡小路上的脚印，呼吸过的空气，头顶上飘浮过的那块云朵，以及风中传来的姐姐唤我回家的声音……它们生了根似的，永久地停留在雾霭重重的心灵深处。

想念故乡如同想念流落远方的亲人，使我忘记了它的严冬风暴，忘记了它带给我的伤害，留下的只有岁月过滤后的优美。

对于家乡，最美的印象是草原和雪峰，那一望无际的草原像宽厚温柔的母亲，那巍峨的头戴银冠的祁连山像冷峻沉默的父亲。有人说，一个人的性格跟他的童年及故乡有关系。正是家乡的山水、土地、风雪，还有人情风俗浸透了我的骨头，使我像草原一样自由无羁，不愿受人约束。

小时候，我像一匹没人管教的小马驹，自由自在地在草原上游荡。到了夏天，草原上的野花开得烂漫放肆、毫无章法，知名的不知名的全部聚集在这个季节挥霍生命中最动人的笑容。

生来胆壮的我常常在草原上采野花，火柴花红彤彤燃烧了起来，任你怎么采也采不完。有时候脱了鞋子光着脚丫在草地上走，贴着地面盛开的黄色的酥玛花铜钱大小，花瓣柔软清凉，而它们的叶子上长着小锯齿，踩上去痒痒的却扎不痛人。这个季节的蝴蝶漫天飞舞，时不时停在花朵上与它们交谈，随手一捉一

个，捉了又放，放了又捉。倦了躺在绒毯似的草地上看着天上慢慢飘移的云朵，走得那么慢那么慢，好像不肯向前挪步的日子，我猜想着它将要飘向的陌生村庄，它底下将要行走的陌生人，想象他从哪里来，要到哪里去，他有没有像我这么一个不听话的孩子……想着想着不知不觉睡了过去。

村庄不远处有一片小湖，年幼的我常常一个人无缘无故坐在水边发呆，当黄昏来临大地苍茫，河西的落日坦然而随意涂抹出浅黄深棕绯红绛紫的晚霞，倒映在湖心分外明丽。一只过路的野天鹅在湖水中优雅地游来游去，身后犁出悠闲的波纹，漾开去，搅得水里的那片彩霞簌簌地动。

湖边青草里一种不知名的鼠类开始鸣叫，不热闹，但也不寥落，清越、尖细好像是银玲轻碰。在一个不懂事的孩子的耳朵里，那风吹过树梢的声音，一块石头丢入水中的叮咚声，雨打在玻璃窗上叮叮作响，夜里蚊子嗡嗡叫都是音乐。在落日的水边，耳朵里有声音可心里却静，静得像是化入晚风，随风而逝，流浪到很远很远的地方……直到天边的晚霞幻散，姐姐在远处唤我，我才站起身跑回家。

多年以后，当我看到俄国画家克拉姆斯柯依的《无名女郎》，立刻被震慑了，无名女郎宁静深邃的目光恰似记忆中的那个湖。后来我一直寻找这幅画但再也没有遇见，它像我的故乡一样躲在了记忆里，再也无法追问。

夏天雨后我有一个好差使，和爸爸去采蘑菇。爸爸有一匹青骒马，跑起来稳稳的，不像别的马跑起来像开闸泄洪，汩汩滔滔，一天大颠着奔下来，使人腰酸腿痛，裤裆都要磨破。那时候，一下过雨，爸爸拉马出去，站在马背上瞭望一阵，看哪片草地草色浓重，然后把我一把抱在马背上，甩蹬上马去采蘑菇，草色浓重的地方蘑菇又大又肥，一朵一朵白伞张开在草丛里，鲜嫩得轻轻一掰断茎上立刻渗出了一层星星点点的汁液，阳光下亮晶晶的像细碎的水晶颗粒。每次回来准能收获半麻袋，除了自己吃还送邻居，剩下的妈妈用针线穿起来，一长串挂在房檐下，让草原的野风吹干，到了冬天没有菜吃的时候，妈妈就拿了刀子割一截下来，泡在水里发好，炒菜吃，那饭里飘着一股草原清新的芳香。

如今命运让我丢失了家乡，而我也知道我再也寻不回我的家乡了，它永远永远地丢了，丢失在了世界之外的某个地方。事实上多少年来我也不敢重回旧地，生怕看到它已面目全非，和其他地方一样，高耸的大楼使人们的空间越来越拥挤，坚硬的水泥路面再也留不下布鞋底纹的印迹。我只好将它留存于记忆，如此唯美而孤独地留存于记忆深处。多年以来，我四处流浪，从一个地方到另一个地方，飘蓬一般。故乡犹如牵魂的慈母，却无法使一颗向往远方的心平定，走过了一山又一水，也许到老才发现最爱的是最初的。但不经历流浪，是发现不了这一点的。

可是对于家乡的思念就像一个患有隐疾的人，平日也许浑然不觉，可是有一天偶因一句话，一首歌而发作起来，那疼痛立刻周身弥漫，像一双无形的手攥紧五脏六腑扯天扯地地痛，想念那流过我家门前的弱水；想念油菜花开像金光闪闪的巨毯披在山坡；想念那蒙着黑面纱从不与人说话的回族女人；想念流浪在草原上无家可归的藏民小尕娃。

我想命运也许真的安排错了，我应该是个牧羊姑娘，骑着枣红色的顿河河曲马，手挥长鞭赶着雪白的羊群游移在大草原，而我爱的男儿正骑马向我飞驰而来。

风吹过童年

童年是生命启程的始发站，故乡忠实地见证着一个人最初的足迹。

　　而我注定无法回到故乡那片宽广的草原了，每当我一步步走向她的时候，她也在一步步地远离我，始终置于我的生活之外，如同我无法回到童年，只能站在山岗瞭望童年，惆怅而惘然。

　　此刻，我在白惨惨的灯光下写作，而西拉塔拉，这片千里之外的草原也在静静地打开自己，草枯无人问，雪落寂无声。

　　年复一年，西拉塔拉草原就这样存在着，青草黄了又绿，绿了又黄；白莲花般的帐篷里，人换了一茬又一茬，那些牧人老了以后就不见了，不久那匹马上又出现了一个新的骑手。童年最深刻的记忆便是骑手赶着飓风般奔跑的马群在宽广辽阔的原野上呼啸而过。

　　我是在自己缺席的情况下被安排到这里的，那时以为整个世界就是西拉塔拉这么大，以至于多年以后当我在一个小城里上学时，看到大街上两个人见面打招呼就大为惊讶：天哪，那么大的城里熟人居然还能碰着面！

　　至今，我难以用一个准确的词语去描述那片草原，她的美丽与狰狞同样地突出：我亲眼看见一夜暴风雪之后，羊群大片大片地淹没在齐膝深的雪中，被活活冻死。还有在我上学的路上，寒风刺出的眼泪常常冻成冰珠子挂在脸上。

　　但她的确也是美丽的，当祁连山的冰雪开始消融，西拉塔拉便从沉睡中苏醒过来，仿佛一下子从恶毒的巫婆变为风姿绰约的新妇。金色的哈日嘎那花在一夜之间燃遍原野，各种蝴蝶漫天飞舞。细读着每一种生命，细微之处的神奇让人着迷；有一种鸟儿，叫声清脆，音质玻璃一样透明，远看灰黄色的羽毛土里土气，毫不打眼。有一次我们费了好大的劲套得一只，把它捧在手里把玩，忽然发现它的每片羽毛在阳光之下变幻着斑斓的色彩，若隐若现，捉摸不定，在不经意中方能看到，如果凑近细看反而什么也看不到。那一刻，一种神秘的敬畏感油然而生——这是谁为它设计的呢？

　　端详每一朵花，每片叶都同样令人惊讶：蝴蝶翅膀上那奇丽的花纹是谁给画上去的呢？娇艳的索鲁花一到晚上就自动闭住了花瓣，是谁告诉它天色不早了呢？那些在风中袅娜起舞的野草，一起一伏的颤动，在孩子的心里把它读成了最轻盈的芭蕾。还有，在水面上轻轻一点就无声无息飞走的蜻蜓，透明的翅子上装饰着几何图形。一片花瓣上托住的一粒细碎的露珠……这些西拉塔拉草原唯美的细节一直存储在我的内心，雕刻着我，深刻地影响着以后的成长。

对于生活在草原的那些人，印象深刻的不是熟悉的邻居反倒是途中邂逅，然后又沿着各自的路逐渐走散的人。我和他们毫无关系，但关于他们的细节却留了下来。他们一直神秘地徘徊在我的记忆的边缘。

在我还没有上学的时候，曾路遇一个围着红头巾的女人，怀里抱着一个褓褓，婴儿大声啼哭，那女人独自抱着孩子，走在荒僻的路上，红头巾一飘一飘的，触目惊心的艳丽，让人感到莫名的心悸。

传说草原上的狼成了精后会打扮成女人模样，围着头巾将长长的嘴巴藏起来，抱着小孩，一扭一扭地走，像回娘家的小媳妇。我一直没弄清那次遇到的到底是人还是狼，反正后来一想起来便觉得脊背上凉飕飕。

某一年的夏季，我的世界里出现了流浪儿扎西，他跟着一群唱戏的艺人四处流浪。夏季的傍晚，天上的云霞把草原映照得格外明亮，大人们围在早已燃起的篝火旁，略带羞赧又津津有味地听那黑脸的汉子柔声曼调栖栖惶惶地唱《小寡妇上坟》。扎西在一旁给我们讲他的经历，我感到惊讶的是他走过那么多我闻所未闻的地方，难道说在西拉塔拉草原之外还有别的世界吗？远方在哪里？远方之外还有远方吗？我那时心里空荡荡的，静极了，一种人去楼空的静。头一次对世界产生了一种强烈的了解愿望，难道我们的西拉塔拉仅仅是世界的一个小角落吗？

五月初油菜花把山坡涂成大片大片的金色，内地来的养蜂人

便逐花而居，从油菜花开到冬天降第一场雪。

他们的帐篷周围是数不清的蜂箱，蜜蜂嘤嘤嗡嗡飞出飞进，我因为好奇拿竹棍捅了一下蜂窝，霎时，无数的蜂儿倾巢出动，我在油菜地里狂奔，正当无处可逃之际，一双陌生而有力的大手将我抱起来，躲进帐篷里。梳着长辫子的女主人为我端来甜甜的蜂蜜水。

我不知道红头巾的女人，小流浪汉，那些养蜂人，最终都去了哪里，是否还记得廿年前的偶遇。但我记住了他们，他们与我毫无瓜葛，只是与我的生命轨迹交汇于一点，但莫名其妙地根植在童年的记忆里，见证着童年也见证着西拉塔拉的宽广与妩媚。

多年以后，当我以为我忘记了，他们却不期然地出现在梦里。在每一次生命中必定要来的劫难向我袭来，我便想起那片无边无际的草原，于是在灰尘漫天的街道上，在人潮汹涌的闹市，我的心里徐徐打开了西拉塔拉草原，坦荡而寂静。

西拉塔拉

我出生时，西拉塔拉草原上正刮起那一年的第一场春风。辽阔的风穿越祁连山，从扁都口徐徐升起，铺天盖地而来。风张开巨手抚摸着草原上的每一棵青草，每一条河流，每一个刚刚出生的孩子。妈妈说孩子和青草一样见风就长。于是，我就和原野上的青草情同手足，一块儿慢慢长大。那时，太阳高高兴兴地照耀大地，时间走得从容不迫，一切都是极其缓慢的。我和青草们一样，在风中、在阳光下慢慢生长。

夏　天

南边的祁连山像神话故事中的老王，终年戴着银光闪闪的王冠。纯净的蓝天之下，肃穆庄严，绵延千里。而西拉塔拉草原安卧在祁连山宽阔的臂膀之中，一年一年的，青了又黄，黄了又青。

西拉塔拉一年只有两个季节，冬天和夏天。几乎在几天之内，天就暖了，脱下棉衣来不及换成绒衣，就要穿衬衣了。一场大风之后，天就凉了，早上从炕上爬起来，隔着窗子忽然发现对面人家的屋顶上结了一层薄霜。出门一看天蓝得肃杀，蓝得令人绝望。吐出一口气立刻化成一股子白烟。

夏天是最为仁慈的。祁连山的冰雪融化了，西拉塔拉草原渐渐苏醒过来。到处有小溪流在奔跑，像一群孩子似的，一会儿聚合，一会儿分离，没有人规范它们的流向。在草原上走着走着鞋子就湿了，干脆脱了鞋子，光着脚丫走。细高个的冰草是不会扎我的，肥肥胖胖的猪耳朵也不会扎我的，他们对我很友好，只是偶尔会挠我的脚心，怪痒痒的。黄花地丁和紫花地丁悄悄儿开了，贴着地面，她们和我一样是安静害羞的，不肯轻易透露心事，只是一大片一大片的明黄深紫织成了一张巨大的花地毯，透露着青春的热情。

有水的地方就有蜻蜓，它们透明的翅膀快速扇动，像一架微型直升机，停留在空中。忽然迅速滑下，在水面上轻轻一点，飞走。水面上的涟漪慢慢扩散开去，像意味深长的一个微笑。

数不清的蝴蝶在花丛中忙碌，和这个说说话又和那个亲热亲热，细细的长腿上沾满了花粉，忽闪着翅膀像空中飞翔的花朵。妈妈说，一个夏季就是它们的一生，它们必须要在短暂的几十天内完成生儿育女的任务。一场秋雨之后，那些蝴蝶就会被冻死。那时我痴迷于蝴蝶的美，常常观察它们的翅膀，那些奇丽的充满神秘气息的花纹，让我站在阳光下久久发呆，充满莫名的敬畏，

到底是谁将它们打扮得如此美丽？

数不清的火柴花灿然盛开，像一簇簇粉红的火苗在跳跃，燃烧了整个原野。我在花丛中奔跑跳跃，玩累了就躺在花下睡着了。天空中的太阳还在照看我，旁边的铃铛花高高举着一串串蓝色的铃铛随时准备叫醒我。拖着大尾巴的红狐狸在花丛中奔跑，它没有理睬我。

冬天

西拉塔拉的冬天几乎就是一夜之间来临的，倏地一下，天就冷了。一夜暴风雪将大地变成白银时代。从早晨到傍晚天光都是肃杀的白。一出门，人呼出的气都是白气，一会儿，眉毛、睫毛都挂满了白霜，手一触到门环就粘住下不来了，我好奇地用舌头试一试，不料舌头一触到门环就粘牢了，费了好大的劲儿才弄下来，却被撕掉了好大一块皮，痛了好几天。

上学路上的雪有齐膝深，刚用铁锹铲开的路一会儿就被雪又埋平了。等到了学校，寒风刺出来的眼泪成了冰珠子挂在腮巴上，而腮巴早被冻得失去了知觉。

有一年，暴风雪之后，早上饲养员老王打开羊圈，发现几百只羊密密地挤在一起，一动不动，一看全被冻死了。饲养员说羊群被冻死的时候，羊羔在中间，大羊在边上，头羊和几只羯子全在迎风面上。没有人知道它们究竟遭受了暴风雪怎样的凌虐。只是可以想到白毛风像一条条尖利的鞭子抽在驯服的羊身上。它们只会紧紧挤在一起，紧点，再紧点。起先寒冷像针一下一下扎得浑身疼痛，它们咩咩哀叫求救，可是狂风卷走了它们的声音。饲养员老王躺在热乎乎的炕上沉睡，完全忘记了这些可怜的生灵。

就这样，这些生灵在最后的生死关头按照生命的本能排成方阵，以死亡来抵御寒冷。

那一年，一群羊被冻死之后，老王号啕大哭，说以后再也不干这营生了。

邻居

喜龙是我们的邻居，是有名的胆小怕事。有一回，在场部买了一袋子米往家扛，正碰上饲养员老王赶着大车回队上，老王好心让他坐上来，喜龙慌慌摆手说不坐、不坐，万一马惊了，把他摔下来怎么办？

喜龙有俩闺女。老大小巧，细眉小眼，一脸雀斑，爱说爱笑的，遇到别人说什么事，可笑不可笑就小母鸡似的咯咯笑个不停，人堆里数她声多。老二是小兰，长得很俊，大眼睛，双眼皮，青幽幽的瞳仁很认真地黑着，眼白干干净净，泛着微微的蓝，像夏天的湖水。她很少笑，我经常见到她一个人坐在场院里的石桌前，一只手托着腮，不知在想些什么，两只大眼睛盯住某个地方，好像要用目光把那个地方钻出一个洞。碰到小巧在人堆里尖声细气地笑，她一把拉起姐姐就往回走，小巧反而怯怯的很听话。人人都说小兰跟她家的人一点也不一样。

有一次我们在一起讨论谁家的窗帘子好看，我说张芳家的粉红窗帘好看。小兰说金銮家的好看，带道道的跟火车轨道似的。我问她见过火车没？她说没有。我就讽刺她狗戴凉帽子——装洋。她恼了，回家抄起一根通火条出来。我也不示弱，从门旮旯里抄出一把铁锨，这把铁锨是妈妈挖药用的，被祁连山的沙砾磨得锋利无比。银光一闪，她的手指立刻开出一朵鲜艳无比的花，红艳艳的血一滴一滴落在地上，地上溅出一朵朵暗红的花。她一声不吭，蹲下去捂着伤口，而我鲜明地感到了她的疼痛。刀片般尖锐地哭叫，妈妈闻声而来，一巴掌扇在我的脸上。除了惹祸，还有一个原因是：动不动滥声滥气，哪里像人家小兰。

一巴掌使我变成了哲人，我悟到软弱是换不来同情的，反而会招来轻视。

我离开西拉塔拉多少年以后，再也没听到小兰的消息，她隐没在了童年的岁月里，离我越来越远，连同她的沉默和那青幽幽

的瞳仁，在陈旧的回忆中闪着隐忍的光。

看电影

看电影是最为隆重的娱乐。早早听说放电影的来了，演《洪湖赤卫队》，一个连队一个连队地挨着放。我们这里的连队属于军区后勤部，性质相当于农场，各有各的任务，有的牧马，有的养鹿，有的放牛放羊，有的种庄稼。连队之间离得很远，但再远的路也丝毫不影响我们看电影的热情。

晚饭后父亲就开始套车，归他使唤的那匹白骟马最听话，走起路来慢悠悠。一辈子也没学会驾驭技术的父亲自然喜欢它。

套好车再往里面铺些稻草，我和妹妹舒舒服服地躺在上面，身上盖一件军大衣，就在父亲喔喔吁吁的吆喝中上路了。一路上那匹白马慢吞吞地走，父亲并不催它，反正时间有的是。那时候，父亲还很年轻，我们还很小，不用担心时间不够用，前面的路很长，我们手里有大把的光阴，在年复一年的光阴变迁中，慢慢长大。若干年后，我回头寻找那些丢失的日日夜夜，才发现它们都渗入在了点点滴滴的岁月的旮旯里，像雪花飘落在大地上，与大地血肉相连，再也无法剥离。

等我们到了放电影的连队，正是彭霸天的府上张灯结彩，举办家宴。卖唱的丫头手里敲着小碟，正唱着"小曲好唱口难开"。一伙地主家的太太小姐在旁边观看，她们花枝招展地摇着扇子，旗袍闪着幽暗华丽的光泽。说不清为什么，我一直不喜欢那些英姿飒爽的女革命，比如韩英呀，柯湘呀什么的。倒是电影里地主的姨太太啦，女特务啦很是吸引我，她们妖冶、妩媚、神秘，远远地存在于童年那粗糙简陋的生活之外。

一会儿银幕上一片混乱，彭霸天们追赶一名打入敌人内部的地下党员——张副官，一个特写镜头：中了枪的张副官一手托住门框，一手将国民党军队的大檐帽远远地丢了出去。镜头定格在那张英俊的脸上。这是我童年印象最深刻的一张脸，从那时起我就知道了一个英俊的男子应该长什么样儿。

看完电影的时候，开始下雪了。父亲赶着车仍然是不紧不慢地走在扯天扯地的雪花中，躺在车上，只见白茫茫一片，大片大片的雪花从天空不断地落下。久了，分不清雪花究竟是在上升还是下降。父亲赶车的背影仿佛一座雕像，棉帽子和皮袄上落满了雪。世界静极了，只听见马蹄和车轮单调的声响。多年以后，我常常回想起看电影的那个雪夜，在漫天飞舞的雪花里，天地仿佛只有我们三个，父亲两肩堆满白雪，两个小女孩脸蛋通红，躺在摇篮一样的马车里，时间慢得忘记了行走，我们好像永远也走不出那个雪夜似的。而《洪湖赤卫队》也成了我记忆里最好看的电影，伴着那天的大雪永远留在了童年。

天鹅

我整日在草原上游荡。那时，大人们都不怎么管孩子，孩子们像草一样生长。长大了，放牛的放牛，放马的放马，到了该结婚的年龄就结婚了，等有了孩子，孩子们也会在草原上疯跑。

父亲的工作是放马，远远看去，一大群马匹像云彩似的，在草原上飘移。很浪漫似的。其实，这是最苦的活儿之一，一天下来两腿都要磨破，回家躺在炕上连饭都不想吃。

父亲是"老九"，经常要挨批斗。他的境遇直接影响到孩子，我们和其他小孩玩自然要受欺负。有一天哥哥和飞利、飞雄两兄弟打架吃了亏，哭着回家，姐姐立刻拿着通火枪和两兄弟干了一仗，并叫着他们母亲的名字。孩子们之间有种默契，叫对方家长的名字是表示最大的侮辱。结果飞利、飞雄那出名厉害的母亲上门吵架，骂道："龙生龙，凤生凤，老鼠的儿子会打洞。"这话触到了父亲的痛处。姐姐和哥哥被罚跪，晚饭也不许吃。

我害怕人与人之间的纠纷，选择了回避，拒绝和小孩子们踢毽子，打沙包。成年后看到孩子们的游戏丝毫不能引起我对童年的联想。

童年，对我来说更多地意味着孤独。

我常常坐在一个静静的湖边发呆，远处是祁连山，在蓝天的映照下，终年积雪的山峰微微泛出蓝色，山峰上有一块小小的阴影，我想象那是在祁连山的扁都口采药的母亲。我巴望着她早点回来，只要她一回家，家里就有了温暖。

有一年秋天，两只白天鹅落到了这片湖面，偶尔两声啼鸣，悠悠回荡在草色金黄的原野。脚掌在湖面划过的水痕一漾一漾地扩散开去，寂寞的波光里时间在一点一点地流逝。天色一点一点暗下来，一层比一层浓厚。天鹅渐渐变成了两个黑色剪影，优雅地移动在镜子一样的湖面。

扎西

扎西是个温暖的记忆。当扎西和他的父亲出现在西拉塔拉时，我的心里很是吃惊。我以为西拉塔拉就是整个全世界，毛主席住在广播里，天天给我们做指示。不料扎西说他们从青海来，在西拉塔拉之外，一个不为我们所知的地方。世界到底有多大？我们一群孩子开始讨论这个颇具哲学意味的问题。之前，我们只不过讨论一些形而下的问题，比如谁家的窗帘子好看，谁家煮的豌豆香。金銮说他哥哥说学校的老师说了地球是圆的。小巧立刻把嘴一撇说那一头的人不就是头朝下站着了吗？这种讨论永远不会有什么结果，但对于我来说，第一次知道世界远远大于我们的西拉塔拉。

扎西是个孤儿，打小流浪，后来认了一个汉族艺人做阿爸。他们一年到头四处流浪，忙时帮工闲时卖艺，到过很多很多地方。

扎西的阿爸很有本事，往空里一抓就抓来一把鲜艳的绸条，肚皮上吸只大瓷碗，两个小伙子使劲掰也掰不下来。但他最大的本事是什么歌都会，叫唱什么张嘴就来。

夜里，在队上的大院子里，点上一堆篝火，红红的火焰时不时腾起一片灿烂的金星，飘飘荡荡升腾消失在夜空里。火焰欢快地舔着干燥的树桩疙瘩，发出毕毕剥剥的声音。男人们披着大皮袄，翻卷的羊羔毛散发着温暖的气息，女人们腰里扎着围裙使得略略臃肿的身形显出昔日苗条的迹象。扎西的阿爸开唱了，一手端碗酥油茶，以备咳嗽时喝，吼秦腔《铡美案》，双目怒睁、凛然正气仿佛包青天再世；一会儿是《小寡妇上坟》，只听他如泣如诉，恓恓惶惶，引得四旁眼软的女人忍不住撩起围裙擦眼睛。红红的火焰照亮了他的额头，一条条皱纹深如刀刻。

狼

老段套了一只狼。

老段是赶大车的，冬天喜欢到祁连山打猎，在他家的土坯墙上挂满了狐皮、狼皮。头回一看特瘆人，好像它们还会扑过来似的，屋子里一股毛臊气。里头炕上铺着熊皮，据说特别暖和。他家四宝常常在我们面前炫耀这张熊皮，说自从铺了这张熊皮后，他就没尿过炕。

我们赶去看狼的时候，围了满满当当一院子的人。一头灰黑毛色的狼前爪撑着，半卧在那里，整个下巴被夹断了，血糊糊地吊着。四宝扔过一块石头打它，它忽地站起来，挣得铁链子哗啷哗啷直响，毛蓬蓬的大尾巴扫起地上的一股子风。人群本能地向后一拥，立刻有小孩子的哭叫尖锐地刺入耳膜。

人们七嘴八舌地说这敢是只头狼，看着叫人发毛，惹不得。老段才不理那一套，剥了皮煮了一大锅肉，只有几个外乡人到他家吃狼肉，回来说不好吃，远不如鹿肉和野猪肉。

以后很长的一段日子里狼都是一个话题，据说负责养猪的连队里曾经发生过这样一件事，有一年春天，猪圈里的猪老丢，别人都怀疑是饲养员捣鬼。饲养员气不过，决定自己守着猪圈，不信抓不着贼。有天后半夜，一只狼悄悄潜来，先用嘴拱开猪圈上的门插儿，然后潜进去，给一只睡得正香的猪挠痒痒，等猪被侍

候得伏伏贴贴的时候，狼就用嘴轻轻叼着猪的两只大耳朵，用尾巴一下一下赶着它走。迷迷糊糊的猪就跟着狼走出了猪圈，等把猪赶到了荒野上，狼才凶相毕露，一口下去，咬断脖子。父亲也说有一年开大会学习毛主席语录，他溜出去解手。忽然，莫名其妙地觉得头皮毛发端立，拿手电往墙头上一照，一只毛蓬蓬的野物倏地跳下墙去，消失在了茫茫黑夜中。第二天，好事的人跑去探看爪印，断定是狼。从那以后很长一段时间，人们不敢在夜里出去。

妈妈再三嘱咐我不要到草原深处，我心里也害怕过几天。可用不了多久，照样还是天天游荡在西拉塔拉。

玻璃扣

张芳有一只万花筒，说是北京买的，这是西拉塔拉唯一的一只来自北京的玩具。连最咋咋呼呼的飞利、飞雄也没有。他妈妈不屑一顾地说，有什么稀奇？回头叫你上海的姥爷寄来一只玩玩。

张芳高举着手里的万花筒，我们排好队每人只许看一眼。透过玻璃镜片，眼前是一个魔幻世界，开满大朵大朵的鲜花，动一动变一个花，奇妙无比，比草原上的野花好看多了。当然看万花筒是有条件的，一把炒麦子或几粒盐水豌豆。我舍不得把好吃的给她，盐水豌豆那么好吃，每次，妈妈只给我们一人一小把，还没咂摸出味儿，就迫不及待地咽到肚子里了。

不过，我仍能找到好玩的东西。妈妈的一件毛衣上缀着几粒有机玻璃扣子，琥珀色。迎着亮光看，里面开着一朵透明的小花。那里面真的有花吗？有一天，趁家里没人，我偷偷用牙咬下一粒扣子，把它放在井台上，用石头敲破。一堆碎玻璃渣子中什么也没有，里面盛开的小花怎么不见了呢？我仔细翻找，还是没有。好奇心驱使我又弄来一只砸碎，还是没有。直到毛衣上所有的扣子都变成了碎玻璃渣，我还是没找到那朵花到哪里去了。妈妈毛衣上的扣子莫名其妙地丢失之后，当然要盘问我们，她对我的好奇心表示了无比的愤怒，骂我一分钱的活也不干，破败东西是一个顶一个。但是我的好奇心却是依然强烈，我很长一段时间都在琢磨，张芳那只万花筒里真的有那么多美丽无比的花吗？要是打开那里面，那些花会不会不见了呢？

年复一年，我们渐渐长大，两腮上的高原红印证着西拉塔拉暴风雪的残酷和强悍，而心灵浸染了祁连山雪峰的明澈与洁白。这是草原留给我们的教诲，草原上的人无论走多远，无论到哪里，心里永远会记着那一片遥远的碧绿。

弱水三千

一个人对家乡的思念绝对不会取决于它是否富饶美丽。正如孩子对母亲的依恋，哪怕母亲早已两乳干瘪，双目呆滞。可是那种深植于灵魂内核的根是无法因外在的表象而改变丝毫。

弱水，蜿蜒穿过我家门前那片蓝色的树林。也穿过童年的记忆，平静从容地流淌着。

它细细长长毫不起眼，是家乡的一条普通河流，对它的怀想其实就是对随水流逝的乡居岁月的怀想。

这是一条有个性的河流，不屑于随大流，与中国众多的河流背道而驰。它是一条"倒淌河"，从东往西流，那样执拗地自顾自一头扎入沙漠深处，拒绝海洋的招安。

在每个人的心中，家乡的河流总是最独特最美丽的。它的水波同一个人走在生命里的脚印漫漶一处，清澈的水波带走了一个人的岁月，以及岁月收藏下来的那些不经意中留下的平常而又生动的细节和只属于个人的隐秘的忧愁与欢乐。而人只能停在原处

慢慢等待老去。

英俊少年贾宝玉说：弱水三千，我只取一瓢饮。这是他妙悟菩提的灵性所在，遍阅人间无数悲欢，纵有千娇百媚，你只能得饮一瓢。

我常常揣想如今满大街的人，谁深味此话的奥义呢？自律在人性里有多大的控制力？每一个人的命运之中都有一条弱水流过，那么，你将取几瓢饮呢？

也许此弱水非彼弱水，家乡的弱水仅仅是一条平凡的小河，如同我只是河西走廊无数脸蛋被朔风吹得酡红的女子中的一个。沿着弱水上溯，一条小路像木梳劈开头发缝那样劈开沙枣树林伸向远方，直抵祁连山脚下。藏民的驼队常常路过家门口，在苍茫的暮色里，杂沓的跫音回响，沙枣林反而显得分外寂静、凄清。孤独的脚夫将悲凉的"花儿"唱起来：

> 走哩，走哩，走哩
> 肩上的褡裢是越来越轻了
> 走哩，走哩，走哩
> 眼泪把花儿的心淹了……

我常常站在门前呆呆看那些赶路的人和沉默的骆驼，他们向我呈现着一个不为我所知道的陌生世界，他们以行走作为生活的方式。那么还有没有其他不同的人呢？更远处是什么人？遥远的地方究竟有多远？祁连山的那一边又是什么山？童年对于未知的远方总有无穷猜想。

弱水是最好的听众，倾听所有的倾诉却终身守口如瓶。那一年，门外念书的哥哥放假回家，无端坐在水边发呆。初秋，凉意渐生，通明耀眼的阳光把树叶照得闪闪发亮。那时20岁的哥哥头发乌黑，眼睛明亮，一笑露出洁白的牙齿。整个暑假，他一个下午又一个下午地坐在弱水的高岸上发呆。脚下的河水平静从容地流淌着，像一个善解人意的朋友。金色树叶落下来，有的打在肩上，有的掉在旋涡里打转。秋风刮过，树叶不停地落，总也落不完，像哥哥无尽的忧郁。

妈妈说，娃娃有了忧愁。姐姐说，准是恋爱了。回家追问他，他死不承认，但涨红了脸。

弱水结冰的时候，哥哥给家里寄来一张照片，女孩美丽文静，家里顿时有了一种从未有过的新鲜的快乐。来了亲戚，妈妈总是喜滋滋地拿出照片让人看。

转眼十几年，如今哥哥漂泊在外，怕早已忘了弱水。我也渐渐长大，忧愁过同样的忧愁，只不过啊，再没有弱水倾听我的烦恼，我远离家乡千里之遥。只在梦里看见我们赤脚在水里捞鱼虾，看见蒙着面纱的回族女人挑着水慢慢走过……

清凉寺的钟声

在我所客居的这座小城，三山对峙，二水聚汇，东边的清凉山上有清凉寺坐落峰顶。远看耸立于危岩的清凉寺像一幅剪影，贴在苍蓝的半空中，精美而单薄，仿佛一种不真实的幻象，随时飞逝而去似的，又像一只孤独的苍鹰高踞巉岩之上睥睨喧闹的红尘生活。

当我双脚迈进清凉寺，感觉心中的块垒减轻了许多。清凉寺的清凉减轻了心中的烦恼。

佛门长扫清净无尘，石阶两边的草花自由自在地生长。在这个多雨的七月，一切植物都显出了强烈的生命欲望，不知名的野花，简单细小，但一样理直气壮地开放着，在阳光下像张开笑脸的孩子。

　　和中国任何一座寺庙一样，少不了朱墙碧瓦，飞檐斗拱。一种烦琐的美，雕琢的美。和西方中世纪的建筑有不约而同的审美取向，无论高耸入云霄的哥特式建筑，还是华美富丽的拜占庭式建筑均给人以繁文缛节的感觉。我不明白为什么东西方在缺乏沟通的中古世纪，人们会同时产生这样的审美趣味。

　　有一句老话："天下名山僧占多。"其实寺观给山增添了许多人文气息，而非占有了名山。在这个世界上谁也没有占有的权力，不管以何种形式，谁都无法对他者实施占有，也没有任何一种手段可以证明占有与被占有。山只属于山，而寺也只属于寺，清凉寺的出现犹如给清凉山画龙点睛，使它活了，生气勃勃地矗立在那里。

　　我不是信徒，在一个缺乏宗教信仰的时代，我这样的人不在少数。虽然从前游历过不少名山大川，那里少不了寺庙庵观，可我只是带着一种旁观者的心态进去看看而已。既不朝拜，也不祈祷。记得有一年上峨眉，碰到一个香客老婆婆上山礼佛，那天刚下过雨，白发飘摇的老人一双粽子般的小脚上沾满了泥土，在窄窄的青石台阶上艰难地挪动，随时随地都有可能跌倒。我那时十分不解：天下寺庙那么多，若真有虔心，哪里不能礼佛？何必要上这么高的山，爬这么陡的坡？一路同上山的多是青壮年，不为朝拜，只为看风光。大家一路笑闹拍照，逗路边的猴儿，全然与面容肃寂的老婆婆不同。那时正当年少的我们总觉得世界是自己的，连早晨的太阳也好像为我们而生，等碰了钉子之后才知道，谁都是芸芸众生之一草芥。世界上少了谁，太阳都会照常升起，公平地照耀每一片大地。这公平的阳光犹如痛苦：人人免不了，谁也逃不过。面对痛苦，许多人想到了宗教。也许现世人生的怀抱过于单薄，于是就投入宗教的怀抱，哪怕仅仅出自于臆想中的安慰。

　　十年前去塔尔寺看到的一个礼佛的藏族老人。他一步一叩首地绕着塔尔寺朝拜，衣裳的前襟已经磨得又脏又烂，可他仍一丝不苟地完成跪地、叩首、匍匐的动作，他的脸因高原强烈的紫外线晒得很黑，但两只眼睛还是亮亮的，专注而虔诚，眼珠都不斜一下。说实话以前我对朝佛的人多少有点偏见，可是那一刻，我忽然自问，我比他高明到哪里？我又是个什么样的人？我的躯体除了消费以外，我的灵魂何曾承载过什么？一个如此虔诚礼佛的人，他的毅力、真诚难道不是凡俗的人们正缺乏的吗？那么我又有什么理由否定他们呢？

后来我明白佛前礼佛的人不是礼佛而是在礼自己。佛是载体，而每个个体的人面对困境所需的勇气和忍耐还得从自己这儿付出，没有人会替你埋单。那些祈祷是对自我心理的暗示与鼓舞。祷告与其是说给神，不如说是给自己。我终于理解了那年峨眉山上那个执着的老人。

记得多年前，我得了一场大病，医院表示无可奈何，万般无奈的情况下，母亲天天在菩萨前祈祷许愿，平日里我对这些虚无的东西哂笑不已，觉得愚昧。可是当身体被病情折磨得难以忍受之时，却成了我心灵的唯一一根救命稻草。后来我的病好了，医生坚持说药起了作用，我当然相信，但我也明白，母亲的祈祷在精神上支撑了我。生病的那段日子，我慢慢开始思考"大慈大悲"这个词的确切含义，了悟之所以有那么多人投奔宗教是因为它的慈悲是广博的、无边的，面对所有的人，不分有罪无罪，善与不善。

从那以后我知道人人都需要一根可以信赖的心灵拐杖。因此理解那些信佛、信道、信基督的人，虽然我自己还是无法轻易信仰什么。

在清凉寺的钟声里人们倒身下拜，在潮水般拜佛的香客里，信佛的少，求佛的多，多数人对佛有所求，因此布施也就有了收买的意味。佛祖太忙，要满足那么多人的愿望实在太辛苦。我静立一边，无端想起《红楼梦》中一个片断，黛玉因宝玉病好了，不禁念了一句佛，宝钗"扑哧"一笑，黛玉问，姐姐你笑什么？宝钗说，我笑佛祖太忙，要管人发财、升官、得子，又要管人姻缘，你说他忙不忙？

完美的背后
wanmei de beihou

前几天，我看到一个信基督教的农村老太太，在农田里辛苦地工作，她说她所做的一切主都替她安排好了，只要照主的意志去做就是了，看着她宁静的微笑，我明白了宗教之所以长久存在的最简单理由。当无助之时还可以向心中的信仰求助，虽并不能获得有形的帮助，但最重要的是在心灵上得到安慰。

可是我不喜欢那些见神就拜遇庙即求的人。每个人个体的欲念都是卑微的，仅仅为自己的痛苦而痛苦的人是渺小的，仅仅为一己之私利而悲喜的人是自私的。我并不想求什么但还是躬身下拜，心里沉重如吞下一部《辞海》的郁闷化为烟云，是的，在万万千千比个体痛苦更为深重的人类的大痛苦面前，有什么理由仅因一己之悲欢而念念不忘呢？

须知并不是所有勤于耕耘的农夫都会有好收成，一场意外的龙卷风，冰雹、洪水都有可能否定一切。

须知没有谁的灵魂白璧无瑕，每个人都有阴暗肮脏的死角，当我们审判别人的时候唯独忘了转身审判自己。

每个人都有命定的局限性，都有个体渴望超越而不可超越的极限，这正是痛苦的根源，也决定了人生将与痛苦结伴而行，直至死亡。

偏殿里的弥勒还在那里笑可笑之人容难容之事。我曾无数次见过弥勒，仅仅以为他是个开朗的胖和尚而已。此刻面对清凉寺的弥勒，我忽然感到自己昔日的浅薄，眼前的弥勒一定历经苦难，否则不会如此开朗。开朗本质上是一种人生态度，在人生劫难中历练而成。对于一个坚强的人，越是倒霉到家越是开朗，爱笑。因为他见识过了地狱，知道不过如此，没有什么可怕。

两个身披袈裟的年轻和尚闭目诵经，香客们也跪拜于蒲团行礼。我站着不动，因为我本不为朝佛而来，也不求什么，我与他们不同，我喜欢这种不同，正因为人与人的不同，生活才尽可能多姿多彩，有信仰什么的自由，也有什么都不信仰的自由，而谁都能从中体验幸福滋味。

清凉寺并不太大，在这里消磨了半日，我终究还是要出去，毕竟红尘中人。尽管门外人生种种烦恼还在虎视眈眈地等我，但，我已不再惧怕。

天边的晚霞艳丽得像一面胜利的旗帜，清凉寺的晚钟从我背后訇然响起，在我听来，不仅是对天堂的赞美，也是对凡俗尘世的祝福：对你，对我，对所有的人。

聆听壶口

对壶口，我始终敬而远之，原因是它的名气太大。以我的经验，许多有名的事物往往是盛名之下，其实难副。比如名人、名牌、名胜。众口交誉的西湖，在我看来仿佛是艳冠天下的名妓，少了风骨，多了风尘；如今少林寺的和尚们骑着摩托，拿着手机，再也难见当年慧能、神秀的风度。

多年来，我与壶口比邻而居却从未想过访问。它出它的名，我过我的日子。一个偶然的原因，去了黄河畔一个荒村，与一位古稀老人闲聊说到了壶口，老人嗫着烟袋，闲闲地说："过去在茶坊都能听到壶口的水声。"

我的心动了一下，被什么击中了似的。

在沉默中，我臆想是什么人听到的。那一定是个寂寞的人，在一个寂静的夜里听到大地另一端的心跳。

"现在听不到了，太吵。"老人静静地说。

我知道，仅仅为这一句话，终究有一天我会去寻找那条大河的声音。当我的双脚踩在冰封的岸边，朔风挟着大水的寒气与杀气扑面袭来，像巨掌几乎将我击翻在地。壶口的大水在竭力地抛掷着自己，深涧里浊黄的飞沫像无数怒狮鬃鬣奋场、跳跃奔突。

上游飘浮而下的巨冰无可奈何地一头栽进深涧听凭大水的随意摆布，最后蜷缩一旁，在严寒中堆积成一座冰坝，以沉默对峙着大水的张扬。

我像一个白痴那么平静，在大水的抛掷中我也在抛掷着自己，我成为大水中的一滴，狞厉、傲慢、无羁、游离于任何规范之外。

此刻大地山川在颤抖中缄默，正是冰天雪地的季节，该死亡的早已死亡，该沉默的都在沉默，只有壶口不知疲倦，在宣泄、在怒吼。立于高岸，从脚心真切地感觉到了来自地心深处不可阻挡的力量，仿佛脚下随时都有崩塌的危险。我又想起大河上游那个老人的话，那么是谁在茶坊听到水声的呢？他必定内心清空寂静，是游子、文人还是归客？

我一厢情愿地认定是个文人，瞬间我就是他，他就是我，多年以前正是我打茶坊路过。

多年以前，多少年呢？也许是一千年吧，我骑着一头蹇驴，颠簸在黄尘漠漠的古道，记不清这是多少回了，只知道这条路见证了我许多次的失意。

那繁花似锦的长安城啊，天下莘莘学子云集一堂，热望一跃龙门，十年寒窗人不知，一举成名天下闻。考中的帽插宫花，骑着高头大马游行在朱雀大街上，夹道多少艳羡的眼光，光耀门楣，前程似锦，金屋玉堂，美人如花。

然而，成功从来都不是为大多数人准备的。那么长，那么大的金榜，密密麻麻的蝇头小楷仿佛普天下的人名字都写上去了。只是，独独漏了我。

成功是人家的，我只能拨转驴头回乡。蹄音嗒嗒走在归去的路上，群山起伏的黄土高原仍是洪荒世纪似的，时间那么长、那么长。我在时间中行走，身后是时间，身前是时间。我并不急于赶到什么地方，也许我一生的目的就是行走。

我想这是我最后一次赶考，廿年青灯书卷生活，我将彻底放弃。该丧失的早已丧失，想得到的永不会得到。奇怪的是，心里并不伤感，倒只有解脱，不是说人生如梦吗？就当做了一个长梦吧。

暮色苍茫时刻，我投宿茶坊，南来北往的行客都在这儿歇脚喝茶。这是个热闹所在，奇闻逸事，官府公案，无所不包，但热闹是人家的。我躺在榻上，看天光是如何一层一层暗下来，辽阔的暗蓝吞没了一切，天地归于宁静。我又将是一夜无眠，什么也想，什么也不想。

听，是什么声音，邈远而清晰，从地层深处传来，是大地的心跳吗？内敛而张扬，像呼唤，像呐喊；我的心脏伴着那隆隆轰鸣开始共振，一刹那，电光火石一般，是大河！那一刻我不再是我，不再是那个一再落榜的倒霉鬼，我跳下床榻，鞋都来不及穿，奔出门找那个声音。在高高的山岗，风从远方刮来，带来远方的消息，是了，一定是那条大河！我甚至在黑暗中看到，它无路可走——前面是万丈深渊，但没有什么能劝它回心转意。

高处的跌落，让庸者一蹶不振，但对于非凡的大河，这一跃却让它的生命迸发出迷人的彩虹。

在无边浓密的黑夜里，大河什么也没说但什么也说了，我什么也看不到但什么也看到了。

之后，又是一千年，在命运的轮回中历经几世几劫，我又来到世间，站在壶口的高岸，临风而立，聆听大河的箴言。

面对草原

一

当我的双脚踏在草地上，目光所及是无边的辽阔与平静，哪里都不是路但哪里都可以走，哪里都不是床但哪里都可以躺。规

矩惯了的人往往会茫然，像鸟笼里养熟的鸟儿，即使你把整个天空给它，它也不知道怎么飞翔。

草原最简单但又最丰富，就像一些朴实的话本身便是真理。面对蓝天绿草白太阳，我像一个孩子打开了一本奇妙的书，但是什么也看不懂，只好细读草原上盛开的野花。

野花虽然细小，可是每一朵都那么骄傲地仰着笑脸，没有任何一朵花嫌自己不够美丽而自卑得拒绝开放，淡紫的摇对对花，浅黄的蒿娥，绯红的野菊花通通肆意而侈奢地开着，理直气壮地开着，仿佛一种奉献自己，挥霍自己的欲望在支配着它们，每一朵花都坚信自己是最美，其实美不美已经不重要了，一朵相信自己的花，你又有什么理由说它不美呢？

宽厚沉默的大草原从不拒绝任何一种花，在这里花朵简单得动人，草原丰富得动人。

任何一个容得下异类存在的地方都一定如草原般美丽。

二

实在不忍让坚硬的鞋底踩伤这些骄傲的花朵，我脱掉鞋袜，跣足而行，感觉脚下的花草有血肉有骨骼，我臆想它们正用我的耳朵接收不到的波长大声呐喊：疼死了，疼死了！

可低头望去，那些刚刚被踩的花草马上弹跳起身子，摇摇脑袋，一副满不在乎的样儿，我想起来了草原的花儿毕竟不同于城市温棚里培养出来供卖钱的花儿，没有那么娇贵。想那野花都是经过牛羊嘴巴的浩劫，蹄子的践踏，早已将坚韧注入遗传基因。

看来我真是杞人忧天，望着在天风中摇着脑袋的野花，我笑了。

三

一路上到处都是花朵，大片大片燃烧着的野花排山倒海呼啸而来，那么狂热那么挥霍，就像一个人把一生的热情耗尽于一个季节。我在草原腹地眺望远方，前面缓坡上浮起一层紫色的雾，诗意而忧郁。走近才看清那里开满了紫色的野花。这不知名的野花每一朵都是由无数细小如米粒的花组合而成，整体像一个紫色绒球，不出众但可爱。出于喜爱，我折了一枝下来，插在我的手提袋里作为装饰，过了一天，到晚上收拾行李，居然发现这小绒球依然不见丝毫衰颓模样，我并没有在意。过了一夜起来，看见被我随意扔在桌上的花还是与昨天一模一样，我忍不住擎它到窗前细细端详：每一朵米粒大小的花朵仍倔强地绽开，如果散开来看，它们毫不惹眼，估计不会有蜜蜂、蝴蝶访问。但无数小花朵组合起来却相当美丽，尤其在草原上一大片一大片地盛开，好像为赴一个宴会而隆重打扮的女子，即使算不上天生丽质也是娇俏可喜。

一连四天，我一直带着它旅行，它淡淡的紫色一点一点消失但形状还是一点儿也没有变，细小如笔尖的花瓣还是充满期待地张开着，希冀与蝴蝶、蜜蜂有一场邂逅。

我终于意识到我犯了一个大错，我如此轻易折下了它，使它离开了属于自己的那片草场，也失去了传播花粉，孕育种子，繁衍后代的机会。尽管它枯萎得那么慢，那么慢，那么不甘心。

而我仅仅以爱的名义占有了它，又毁灭了它。对一朵花而言若是真爱便不可占有，那么对一个人呢？

四

走着走着累了，随便躺下来，天那么大，白云走得那么慢，比时间都慢，眼睛随便往哪个方向望去都不会被挡住视线，草原的平静与坦诚，消解了许多重压，感到自己变成了一棵在风里摇头的草。

面对草原，心灵逐层打开，我变得脆弱如水。在一场突如其来的灾难袭击下，被击蒙了的我随波沉浮之后被抛弃在岸边。当初不怕的如今都怕，当初不悔的如今都悔，回过头来看自己所经

历的一切，开始像一头牛一样反刍苦难。苦难不像幸福可以分享，苦难是属于自己的，别人无可分担。真的希望有上帝，我愿意像个孩子一样扑在他怀里放声大哭，但是没有上帝。在喧闹拥挤的城市中已经不能够用流泪来表达痛苦，因为它流露了一个人的本真和软弱。

就这样，我躺在草原腹地肆无忌惮地哭泣，这里不会有人听到，我也用不着装相儿，在宽厚如母亲，坦荡如朋友的草原上，我的怯懦和无能卸去了一切乔装，那么唯一可做的就是哭泣。

回想当初并不是灾难打倒了我，而是忧虑打倒了我，在行走的路上，背着巨大的忧虑，无法不失败，一个被自己打倒的人，比被对手打倒的人更不容易站起来。面对灾难，我无法不忏悔，也无法把痛苦的根源一把推给别人，指责说一切都是他者造成的，而把自己描述成一个天真纯洁的上帝的羔羊，我并不像自己希望的那么纯粹，我的灵魂也并不那么一尘不染，他者的自私、贪欲、嗔怪我一样也不缺，那么我又有什么权力一味责怪人心的险恶阴暗。

我的生命在我的命运里行走，我知道这是无法抗拒的，一切过去的和将来的同样无法抗拒，我想这样也好，一个人若没有了自己的痛苦，自己的愤怒，自己的欢乐，自己的幸福，自己的希望，自己的失意，那么在千人一面的人潮中拿什么来证明自己的存在。就让该来的都来吧，像呼啸而来的草浪一样裹挟着自己向前，不管自己对这场命运之旅是否表示赞同。

其实，每个人都有自己的命运之旅，在命定的轨道中彼此无限接近但绝对无法交流，尽管每一个人的一生都可以总结出许多经验，我也读过前人关于人生的许多箴言，知道了那么多道理，但最终还是无法改变一切错误的如期发生。

等到累了，仰面看着天，天还是那么大，那么大，我想其实一个人的心灵要像天空那么广阔未免太浪费了，只要心灵能像草原一样辽阔就已经足够了，那还有什么容不下，还有什么块垒难以消解。我想起一句话：如果你在困难面前却步，不妨请教大自然。

正午阳光下的秦直道

在这个世界上，有些事物虽近在咫尺，甚至渗入了我的生活，但是和我无关，而另外一些事物与我毫不相干甚至远隔千里，但是，它与我有关。

我是从很多人那里听过秦直道，人们纷纷传说着它的伟大和神秘。它被美誉为世界上最早的高速公路。在我看来，秦直道似乎更具有别一种象征意义，它的存在似乎在证明一个民族的集体性格在没有被温良恭俭让的铁律打磨成纹路清晰、四角光滑的鹅卵石之前，内心充满着雄心与激情，野性与梦幻。它是一个民族年轻时期的记忆。中国历史上诸多奇迹都是在这一时期完成。

如今，在远离人间的子午岭上，在劳山厚重的林海中，秦直道沉睡于历史的深处，荒榛野草长满周身。它远离这个世界，并不在乎谁在赞扬它或者关注它。

去探访秦直道，如同探访一个德高望重而又从未谋面的人，隐隐地紧张、好奇和激动。我们沿着富县葫芦河溯流而上，一路颠簸进入了子午岭。富县古称作鄜州，据说这个"鄜"字是专为此地而造，如今，在一切都被简约化的时代，鄜州被简化成富县。氤氲着的古典气息也像酒精一样挥发得一干二净。记得在一次文学研讨会上，一位老作家提到富县的古称鄜州。很痛心地说，多么好的名字啊！为什么要改呢？那是杜甫诗意的鄜州啊。

六月的鄜州，农人在地里插秧，稻田里倒映着青山和白云，让人疑心走进了江南水乡。那高高卷起的裤腿、深深弯下的腰，

告诉人们粮食的来之不易。今年国内发生大面积旱情，在每天的气象预报上，看着那大片大片的橙红色，感到一种说不出的惶恐。

面对烈日下辛勤劳作的身影，我的心里充满感激和敬重。

子午岭苍苍莽莽的林海渐渐向我们奔涌而来。进入林海深处才惊觉，对于陕北，人们了解得太少。眼睛的局限，使我们把有限的视野想象成整个陕北。其实陕北是丰富的，不仅有起伏的丘峦沟壑，还有密密如织的原始次森林，成片成片的森林简直令人疑心永远走不出去了。

双脚踏在秦直道上，由脚掌向心脏传递来一股无法言说的踏实和安稳。那份熟悉感和放松感，就像回到故乡土窑洞里，躺在睡了几代人的大炕上。我蹲身下去，用手掌细细抚摸大地。每一棵细草，每一粒碎石都有故事，向我传递着岁月里密集的信息。似乎能听得见无数声音在耳边喁喁诉说。

放眼望去，高高的子午岭上，几乎是一马平川，如砥的秦直道与地平线相接，无比的坦荡与宽阔，和子午岭崎岖的地貌形成鲜明的对比。当年，正是在这条大道上，北击匈奴的壮士立于高高的战车，一手持剑，一手挽缰，铁蹄铿锵，大纛翻飞，滚滚黄尘遮天蔽日……

我忽然想这人迹罕至、地貌复杂的地方，为何直道不偏不倚刚好修在子午岭低丘陵地带。是谁教会了秦人精准的大地测绘技术？我们一直在讨论这个问题，也许同行的人都是被唯物主义洗过脑，没有人相信是秦人借助了某种超自然的力量，他们说一定是秦人手拿罗盘针，翻山越岭几番勘踏。对这种说法，我很怀疑，子午岭一带现在仍然是荆榛密布，杳无人迹，更不用说两千年前了。如果坐在飞机上俯瞰山川走势，也许能一目了然，但身高不过五尺、视野不出五里的人，要想勘定最佳线路无疑是不可能的。一定是有一种神秘力量在冥冥中支持。

历史因人而鲜明、生动，一个伟大的历史遗迹除了让后人赞叹古人的伟力之外，隐藏在历史的背后的那些人，才是我所真正关注的。

秦朝无疑是个创造奇迹的时代。而奇迹都源于对规矩的打破，奇迹更多的是由无法无天的人创造的。秦始皇就是这样一个人。

据说，秦始皇曾经渡湘江，不料，行至半路忽然狂风大作，波浪翻涌，秦始皇认为这是水神湘夫人和自己作对，于是就遣发3000 囚徒放火烧山报复。对于这个故事，人们有很多完全不同的看法。愚昧可笑，或者妄自尊大。我却从中看见了他的直率和天真。唐突天地、蔑视神灵，也只有他敢于如此。

据说许多外国学者认为万里长城和兵马俑都是外星人所为，理由是当时的中国，无论从财力、物力和科技水平都不具备这个能力。但是我坚信，这一切均是秦始皇所为，只有他敢于创造奇迹。敢于想人所不能想，做人所不能做。

秦直道恰似一把出鞘利剑，彰显秦人主动出击的姿态。两年时间，南起淳化北至九原，全长700 多千米的直道建成。一旦发生战事，秦始皇的精锐部队仅仅三天三夜就可直抵阴山，像一把利剑直插敌人心脏。从此慓悍的匈奴，人不敢南下牧马，士不敢张弓报怨。

和平必须建立在强大的军事实力上，没有实力枉谈和平。对于秦帝国来说，秦直道意味着秦人抓住了与匈奴之间的战争主动权。

历史上也许没有人比秦始皇更具有争议了，历史面对他是尴尬的，简直不知道该说什么好。

我曾经路过渭北高原一个小小的村镇，哭泉。放眼一看，"哭泉乡政府"，"哭泉小学"。我有些惊讶，印象旦，地名很少有这种气息的，人们更喜欢那种吉祥的字眼。一问本地人，才知道此地是有来历的，传说当年孟姜女千里送寒衣，行至此地，想着丈夫修筑长城，不知死活，不免内心悲伤，滴泪成泉。后来，人们为了纪念这个敢于诅咒秦始皇、反抗暴政的女子，此地遂称哭泉。传说归传说，但反映出来的民心应当是真，天下一定有无数

孟姜女如此哭泣过。怨愤的箭镞无一例外地指向秦始皇。

我们应该怎样评述你，秦始皇？在你面前，历史将会永久失语吗？

正午的阳光下，宽阔的秦直道上的荒草稠密而纤细。人说，当年修筑直道是用米汤和泥，为使土质瓷实。至今这里无法长出高大的植物。倒是直道两边的树木一派苍翠葱茏，青冈木是我最喜欢的树种，端正优美，粗大的枝干举着一树鲜翠承受着阳光的热力。白丁香在风里翻飞，一簇簇白色的花仿佛是欲飞的白鸽子，在枝头摇呀摇的，或许是当年死去的人精魂所化？

大风吹过秦直道，2000年前一定也有这样的风从秦直道上吹过，吹过那些开掘挑土的役夫，甚至风里还挟裹了他们身上的汗腥气息。很多人把尸骨丢在了这里，成为秦直道的路基。我把脚步放得很轻很轻，生怕踩痛那土层深处埋葬着的骸骨，我似乎能听见那些亡灵痛楚的呻吟，穿越千年撞击着耳膜。远处有布谷鸟的鸣叫，一声声悠远哀婉，是谁在诉说着悲伤？

2000年时光之河里，伟业或者罪恶消逝在历史中，化为尘埃，而秦直道留了下来。我抬头看看天空，正午时分，阳光强烈。在稳健的大地之上，我和秦直道一同承接着阳光有如钢针一样扎在皮肤上的刺痛。

白城子

一

坦荡的天空下，毛乌素沙漠徐徐打开自己，就像打开一卷历史。在天与地的交接处，白云升腾，似千军万马列队而行。炎热的风从远方吹来，芨芨草和红柳簌簌作响，仿佛悄悄耳语一个不为人知的秘密。

白城子的废墟像一堆散落在荒原上的遗骨，在北方强烈的阳光下，发出耀眼的光芒，刺得人眼睛都不能睁开。当地人并不知道"统万城"这个略显典雅的名字，只因其城墙一片雪白，他们叫它白城子。我觉得这个名字比统万城更动听。

盛夏的热风烤得皮肤微微发痛，好像刀片在轻轻地刮。痛觉告诉我，眼前的一切是事实：此刻，我是真切地站在白城子的脚下，

多年前，它是我的一个梦幻。那时，我还是个孩子，整日坐在家门前的弱水河边，默默看那细波一闪一闪，光阴一寸一寸消逝在里面。弱水穿过家门前的那片幽蓝的树林，一直到遥远的居延海。听爸爸说骑马一路向北，整整走三天就会到居延海，那时，我的世界就是我所居住的小镇，居延海在我的世界之外，我常常痴迷地幻想外面的那个世界。有时一直坐到傍晚，母亲的呼唤从树林那边传来，我才站起身，离开到处弥漫着沙枣香味的小树林。

有一天，老师给了我一本书。寂寞的童年，读书是唯一的乐趣。只有在书中，我才能离开小镇，离开日常生活，离开难以为伍的同龄人。在这本书里，我才知道 2000 年前，我所生活的祁连山脚下存在着一个强大的马背民族——匈奴。弱水和居延海本是他们饮马栖息之地。弱水的河边那些烽火台上曾经点燃过滚滚的狼烟。我还知道远方之远，有一个叫作统万城的地方，它是匈奴所建的大夏国国都。据说那城墙无比坚固，当初修建时，用糯米汤浇铸，监工用锥子扎进一寸，筑墙的役夫便要人头落地。我想不明白的是这个像月光一样皎洁的城堡，怎么会如此血腥和野蛮？

我不曾想到有一天我会真实地站在这白色城堡下，仿佛看见那些慓悍善战的匈奴人，从历史中纷纷复活。从弱水，从居延

海，从威风凛凛的大夏国统万城里连绵不断地涌出、涌出、涌出。金戈铁马，血流成河。强悍的民族企图用弓弩和弯刀征服整个世界。

残留的城墙上有废弃的窑洞，如今已完全塌毁。它们大张着口，一副惊愕的表情。如果近前细看，似乎还能感觉到那里残留的人烟气息。大炕上依旧平平整整，想必在若干年前响起过沉睡的鼾声，啼哭过初生的婴儿。母亲的奶香和歌谣似乎还停留在空气里，并没有随风逝去。灶台上一定煮过热气腾腾的饭菜，高高的城墙上站着怀抱婴儿的女子，手搭凉棚眺望归家的人。他们是当年匈奴人的后裔，一代一代生活在荒凉的沙海，苦苦守候着这座死亡的城池。

如今，他们也不在了，他们都到哪里去了？是否像天边的白云一样飘然四散，飘到未知的天涯？

有一个窑洞，窗棂被风雨洗刷成了白色，尸骨一般的白。窑洞的主人早已不知去向，门却锁着。也许想着有一天还会回来，不料，这一走飘蓬一般再也难回转身。那把锁早已锈蚀斑斑，锁不住的风将窑洞涤荡得一片荒芜。流沙不动声色地侵入了墙院，占据了牛圈、羊圈，甚至窑洞，将这里曾有的人迹一点一点吞噬。

二

废墟周围的野草长得无比热闹，修长的芨芨草，灰绿的沙蒿在风里轻轻摆动，意态悠闲。仿佛千百年来就一直这么生长着。不知名的虫子嘤嘤鸣叫，恍惚间听得好似千年前的皇宫里细乐奏响。蝴蝶翩翩于野花之间，孜孜不倦地寻访，是不是千年前筑墙死去的魂灵所化？

太阳光越来越强烈，像射出一个个细小的箭头，扎在皮肤上，微微的刺痛。一览无余的沙漠，一切都在光天化日之下，阳光的炽烈，无处躲藏，人只能硬着头皮承受。

承受阳光的还有野花，淡紫色的野菊花在风里摇头，朴素亲切，宛如邻家女孩。泡泡草高举着一串串艳紫色的旗帜在风里飘呀飘的，可是千年前统万城迎接凯旋将士的旌旗？

一种不知名的野花引起了我的注意，我从来没见过开着褐色花朵的植物。

一开始我以为它们是隔年的枯叶，一直忽略它，它也忍受着我的忽略，使劲将褐色的花朵举向阳光，似乎竭力地呐喊看这里、看这里、看这里！我终于发现脚下的褐色植物上有微弱的光泽，并不像是枯叶。于是蹲身细看。这大概是世界上最不起眼的植物，披针形的叶子，绿中带灰，毫不打眼。花朵是赭中带褐，米粒一般细小。尽管我知道世界上还有一种黑色的花朵，可人家是名贵品种，属于花中的贵族，是养在温室里要人小心伺候的。这褐色的花朵是开在罕有人迹的地方，又天生的不美，注定了被人们忽略的境遇。

来过这里的人有谁注意到脚下着意开放的褐色小花？一路走过去，竟不断地发现它们，在阳光下，在风中，倔强地开放、开放、开放。

三

站在白城子任何一角眺望，感觉这个城并不大，抬眼望去，一览无余。四角的城堡仿佛不费吹灰之力抬腿便可跃上。当我企图攀登时，发现我的眼睛欺骗了我，城堡看着近切，就是走不到跟前。就像童年的时候，开门就看见祁连山，却怎么也走不到山脚下。而且，那些城堡看着也不高大，等走到近处猛然发现，人忽然变得那么小，那么小。巨大的城堡威压过来，似乎随时要将人埋掉。

奋力攀爬于城堡之上，极目天际，只见黄沙漫漫，荒草萋萋，顿生无比悲凉之感。

1600 年前，一个空前混乱的时代。大夏王朝的开国皇帝赫连

勃勃站在城墙上遥望天际，曾豪气干云地说："这个地方真他娘的美呀！土地肥沃，水草丰美，我走了那么多地方没见过比得上这里的！"眼前的这片沙漠曾经是绿草如茵，人烟稠密。那时的赫连勃勃年轻英俊，精力旺盛。他梦想着横扫天下，建立一个马背上的帝国。于是将国都定名为"统万城"。将四个城门起名为"招魏""平朔""朝宋""服凉"。幻想着四方来贺，八方朝贡的情景。这是一座积贮了赫连勃勃的梦想和雄心之城。从头曼、冒顿到阿提拉，几乎所有的匈奴王无一不曾做过这个美梦。

可是如今，他们都到哪里去了？在岁月和风雨中，统万城洗去了铅华，洗去了所有的荣耀和梦想。越洗越白，成了一贫如洗，月光一样白的白城子。

和任何王朝的命运一样，赫连勃勃死后，内讧和征战使这个迅速崛起的草原帝国迅速衰败下去。仅仅25年便走完了自己的历程。在时间的洪流中，渐渐荒废，直到化为白骨。

四

坐在城堡的废墟之上，偶尔听得草寨里虫鸣，却觉得四围一片寂静。有风从远方徐徐降临，丝丝入扣侵入每一个汗孔。伸开五指，感觉风从指尖流过，待要努力遮挽，却轻扬远逝。抓不住的不止是风，还有时间。没有什么能抵抗时间。

同伴们在讨论，如果生在大夏愿意做什么？我的脑子迅速搜翻世界上最好的东西。在空想世界，权且过一把瘾，那么就做一个美梦吧。

做赫连勃勃的王后如何？多么高贵荣耀！可回头一想，当年赫连勃勃为了争霸草原，不惜对丈人莫弈于下手——当年在赫连勃勃被人追杀，潦倒落难之时莫弈于收留了他，并把女儿嫁给他。一个敢杀岳父和恩人的人，对妻子能好到哪里？

那么做公主吧，公主是美丽和骄傲的代名词。可是在天下大乱的十六国时期，国家之间的联盟往往是以女妻之，公主只是一个战争筹码，至于爱情和幸福，那是不可能的事情。

那么做个王子吧，未来的权力执掌者。有人说，权力是男人的魅力象征。赫连勃勃的三个儿子璝、伦、昌为了争夺王位，不惜自相残杀。连正常的天伦之乐都没有，幸福何可言之？

我想了又想还是做个牧马人吧，天天在草原纵马驰骋，多么惬意。可是征伐的铁蹄随时会践踏我的家园，而我，随时会手操矛戈，冲锋陷阵，然后像万千征夫一样，默默无闻地死在疆场。"可怜无定河边骨，犹是春闺梦里人。"说的就是我。

在一个乱世，任何人的幸福都是空谈。

白城子只是一个乱世的符号，它的废墟暗示着一切荣耀只是过眼烟云。归去途中，无意间回首，燃烧的晚霞中，白城子无比艳丽、无比凄凉。

黄河的细节

犹如历史，那些生动鲜活的细节总是被淘汰。书写历史的人删繁就简，仅仅留下几个干瘪的人名，三言两语交代一个原本宏大无比的历史事件。这样，历史就被斧斫得线条清晰，脉络分明同时却也面目全非。

对于黄河的描述也是如此，教科书上说："黄河呈一个巨大的几字形。"其实，这是省略了许多细节的一种过于粗疏的表述。倒是民谣里的"天下黄河九十九道弯"，近乎真实地再现了黄河曲折回环的奔流之路。

乾坤湾是黄河的一个细节。从高空俯瞰呈现一个巨大的"S"型，两岸的山峦恰似阴鱼和阳鱼，各自独立而又水乳交融。黄河迤逦流过，千回百转，而后劈开秦晋峡谷，向南奔去。

在我看来，微不足道的细节才真正能体现一切宏大事物的本质。

乾坤湾的缄默

当我乘一叶小舟轻轻飘向乾坤湾的时候，首先被黄河两岸壁立千仞的悬崖给骇住了，那一层层岩石整齐而均匀，见证着时间的无限。每一层岩石里都埋藏着无数秘密，被时间带入了永恒。而岩石缄默，黄河缄默，风吹过脸庞，同样缄默。

于是，当小舟被奔涌的河水和大风挟裹着顺流而下时，一览无余的巨岩让我好像翻开了一本天书，一切尽收眼底，但什么也看不懂。

这，难道就是乾坤湾吗？如此坦白，像少年清澈的眸子。

可是，一切如此神秘，像一只锁得严严实实的箱子。

该从哪里进入乾坤湾的内核呢？

我想到了伏羲。

相传中国第一个哲人伏羲曾经在这里仰观天象，俯察地理，彻悟阴阳太极。乾坤湾便成了中国哲学的滥觞之地。

先哲伏羲，是乾坤湾的细节。从这里出发也许能读懂乾坤湾。

伏羲，第一个仰望星空的人

站在高处眺望，高原峰峦如聚，像呼啸而来的绿林好汉；俯瞰黄河，波涛如怒，不舍昼夜。乾坤湾便安安稳稳妥妥帖帖地被黄河拥入怀抱，群山密密匝匝地守护在四围。

洪荒世纪，我们的祖先伏羲跋山涉水，从远方走来，在遍照古今的太阳下，褐衣草履，唇焦口燥地走来。

在乾坤湾，伏羲夜观天象，我猜想他一定是无数祖先中第一个抬起头颅仰望星空的人，这是人类一个了不起的动作。仰望星空，意味着对物质的超越，对无涉自身利益的他者的关心，对宇宙对世界的强烈的了解愿望。

今夜，立于乾坤湾的高岸之上，我也仰起头来凝目星空。在宁静而辽远的天宇之下，无数星辰闪耀着晶莹的光辉。霎时，心灵如星空一样干净开阔，了无纤尘。

我想象伏羲也是在这样的一个夜晚面对着星辰和宇宙。

在无边无际的星空之下，熠熠生辉的星群仿佛从银河里倾泻而下。黑暗而辽阔的大地之上伏羲独自一人，无比孤独，无比渺小，而他的思想升腾飞翔。那一刻，人就被上天赋予了灵光，人活着就不仅仅是作为一种生物而存在。

我们无疑是伏羲的后代，因了他在那个晴朗的夜晚将探索的目光投向了星空，使得我们的生命浸润在太极哲学的优美思想里，充满着诗意和睿智。

世上哪里的河山不壮美？比乾坤湾更美的地方很多很多，但是，因了先哲伏羲的灵光点染，使得平凡的山水不再平凡。

今天我站在乾坤湾高高的山岗之上。山还是千百年前的山，风还是千百年前的风，先哲伏羲已经融入了乾坤湾，成为一个永恒的智慧象征。

和祖先一起跳舞

这是一个古老的渡口。黄河的另一个细节。

延水关，名字典雅恬淡，一听就知道是文人命名。

落日余晖里，大河平静，山峦平静，时间在这里凝固。

而黄河岸边的生活无疑是艰难而枯燥的，一针一线一炊一饭都是要自己的手去创造。女人除了上山种地之外，还要做饭洗衣以及与此相关联的拾柴喂猪纺线织布。尽管她们容貌端正，五官秀丽，皱纹却过早地爬上了面庞。男人就不用说了，黄河边的男人个个以吃苦耐劳闻名。粗糙的脸和因劳作而略略变形的手是光阴留下的记录。可是有了秧歌，一切犹如一碗白饭里加了盐，生活立刻变得有滋有味。

　　傍晚时分，家家户户炊烟袅袅，这黄河边的小小村落那么安宁寂静。她既不关心世外的热闹，世界也早已忘了她的存在。

　　听，是谁擂响了秧歌大鼓？是谁拍起了嘹亮的铙钹？平静的村庄被撩拨得躁动不安，刚刚刷完锅的大嫂来不及解下做饭的围裙，刚刚赶羊进圈的大哥来不及丢下羊铲，人们急急忙忙从四面八方拥向村子中央的打谷场。今夜，他们在这里狂欢！简单的舞步让大嫂扭得妖娆多姿，背着羊铲的大哥却诙谐有趣，他们都已不再是为生活而奔波劳顿的人。有了舞蹈便有了乐趣，让烦劳和煎熬暂且靠边。

　　这是一种似曾相识的舞蹈，从汉代的画像石上，我们就看到过这样的秧歌舞蹈，我们的祖先也曾这样如痴如醉且歌且狂。也许因为祖先的遗传，因此我们的血液里才有了天然的艺术基因，虽然是第一次参加这样的狂欢活动，抬脚便自然而然地合上了舞步的节拍。

　　对于祖先，曾经年少的我毫不关心，直到有一天，忽然对于自己来自何处产生了强烈的了解愿望，那时我才开始关心关于祖先的一切。那么祖先是什么样的呢？我隐隐约约地知道他们来自于东海之滨，在某一次灾难中背井离乡来到了黄土高原，那么他们是否在延水关这个古老渡口踏上了黄河西岸的土地呢？

　　无数的战乱和饥馑以及国家的号令，使得我们的祖先离开了家园，一路向西迁徙，直到栖息在今天又被我们称作故乡的某个异乡。

　　我无数次地想象我们的祖先怎样地颠沛流离，也许我的祖先和你的祖先骑着青骢马并辔而行，在温暖的春天走过平林漠漠烟如织的大平原；也许我的祖先和你的祖先那时还很年轻，满怀豪情渴望征服世界，面对滔滔黄河，在一个月明之夜，结伴泅河夜渡，从此结下生死之交；也许你的祖先和我的祖先肩上挑着全部的家当，挈妇将雏，一路彼此照应；也许我的祖先还曾领受过你的祖先一碗薄粥的恩惠，这样一个原本要中断的血脉便延续了下来……

因此，我要感谢每一个陌生人，因此，我将原谅生命里遇到的伤害，因此，我将满怀感恩之情生活。

今天，当我站在祖先曾经路过的这个古老的渡口，猜想每一处的河山，细细追究可能隐藏着祖先踪迹的荒径古屋……

河山静穆，看到了一切也收藏了一切，而岁月将祖先的踪迹和气息深深埋入地下或者化为轻烟，使人无可追寻。然而，今夜的秧歌舞蹈让他们的音容笑貌纷纷复活，他们和我们一样肆意挥霍着生命里单纯的喜悦。

这一夜，村子里所有的人在美丽的星空下，沉浸在欢乐里，复制着我们的祖先曾经的欢乐。我也加入其中，瞬间，我便成了祖先中的一员，在千百年前，在皓月之下，在群山之间欢乐地舞蹈。尽管生命忽如白驹过隙，但是，此刻我在，我的生命在，我和我的祖先们都在！

古渡甸的黄河

8 月的一天，仿佛应了一种神秘的召唤，我突然决定去看黄河。不为什么，仅仅就是想去看看，好像游子回老家看一看埋自己胎衣的地方那样。

我所居住的县城距黄河很近，只有 70 千米。罗子山乡就在黄河岸边。发往那里的班车最早是清晨 7 点钟开，由于山路崎岖，估计大约得中午才能到达。

同车的多是乡间的普通村民，男人身上咸腥的汗味，劣质香烟的辛辣，女人粗糙的面孔，玉米茬子一样的乱发，怀里吃奶的孩子以及浓重的方言，各人嘴里呼出的气味组成了一个破旧中巴

车内的基本容量。

在陕北的群山沟壑间零星散落着一个个小村庄，一条简易公路把它们串联起来，就像一条蜿蜒爬行的藤上长着的几片叶子。村庄里多半是破败的院墙，被遗弃的大张口的土窑洞，我猜想他们的主人已经流浪到了城市的边缘，以蹬三轮车做苦力或干别的什么为生。

不了解农村的人将古典田园诗当作解读农村的钥匙，当他目睹农村的真实面孔，会彻底失落，心底升起难言的惆怅。

班车到了终点站罗子山乡。本乡有一座石头山，外形酷似一只箩，所以起名为箩子山，久而久之简化为罗子山。这里的地貌和陕北其他地方有一些区别，以塬为主，四边陡峭，顶上平坦。全然与别处峰峦高耸，给人坐井观天之感不同。

在这个似乎与世界失去了联络的地方，前面的路只好让我用脚去丈量了，今天赶黑我要翻过一个崾岭到古渡甸。

我身背行囊的装束显然引起了小镇乡民的注意，纷纷向我投来一种关注、好奇又淡漠的目光。我走进街角一家小饭馆，正在大声聊天的几个汉子立即住了嘴。我知道他们注意到了我，虽然我目不斜视。我甚至能感觉到他们的目光像审判官似的在一一拷问我的太阳镜，牛仔短裙和旅行包。在城里再普通不过的我，到了这里变成了一个异类。难怪他们的目光里有那么多不欢迎的成分。

这个乡村的小饭馆自然做不出什么可口的东西。不过对我而言一杯茶水，一碗汤面就足够了，毕竟人在旅途。

隔桌的汉子们在讨论山西和内蒙的羊皮羊绒价钱，别看这些面目黧黑、举止粗鲁的羊皮羊绒贩子们，他们的腰包里有的是钱，在农村他们被称为是"有本事的"。故而他们说话的声音也就分外响亮些，连打喷嚏也分外铿锵。

吃完饭，我又上路了。夏天，阳光强烈，山川静穆，塬上郁郁葱葱的玉米、糜子像墨绿色栽绒毯似的，厚墩墩的。极目四望，长势茂盛的庄稼，在阳光下发荣滋长，绿得凶神恶煞。一小块一小块庄稼地错落有致，随意而富有韵律感地排列着，深绿、浅绿、黄绿像才气纵横的画家的即兴涂抹，你不知道为什么这样，但你知道这样很美。

8月的乡村寂静得能听见远处村落鸡鸣狗叫的声音。近处草丛里蚱蜢、蝈蝈和着高柳上的蝉在大声合唱，挥霍着只有一个夏日的生命。耳朵边如此热闹，可是心里觉得还是静。

盛夏时节的黄土高原多像一个丰腴美丽而寂寞的女人。

在湛蓝的天和碧绿的田野之间，我独自走在通向黄河岸边的羊肠小道上。走得又累又渴，忍不住向一个放羊人打听，他说"快了"。按我的经验实际上还早着哩，本地的农民都是这样，没有具体的时间和空间概念，十里也可以说"快了"，五里也可以说"快了"。只有真的快到了，他们一扬下巴，挥起放羊铲一指："唔不是？"

下午6点钟光景我到了古渡甸，这是黄河岸边一个古老而又破旧的小村庄，过去是个渡口，它的名字相当儒雅，我猜想一定是过去某个读书人所起。让人无端联想到落日余晖，古老的渡口，两岸芳草如甸，躺在木船上小憩的艄公……这几乎是一幅画了，这个小村庄就这么诗意而清冷地沉睡在黄河的臂弯里，宁静而又恬淡，像祖母怀里熟睡的婴儿。

我没费多大劲就找到了我的朋友的大姨家，当他们听了我的介绍，便热情地招呼我到窑里。端上来的水是糖水，晚饭是鸡蛋面，这是农村待客的饭。厚道淳朴的农民虽然穷点儿但是相当好客，反复苦劝"多吃点"，"就跟在家里一样"。习惯了冷漠的我，颇有些不自在，但心里热乎乎的。

我朋友的姨夫把我引到偏窑，让我参观他的粮囤，满囤满囤的玉米、绿豆、豇豆，都是放了两年以上的陈粮，问他为什么不卖，他神色黯然地摇摇头说："换不下钱。"闲聊中得知家里有两个孩子都在念中学，我完全理解一个除了种地，再没有其他来钱

路的农民供养学生念书的艰辛，我的许多农村亲戚也都是这种状况。而在南方更多的农民后代已经选择了弃学打工，流浪在城市中充当城市人口的候补梯队。

第二日醒来，已是日上三竿，一夜黑甜，连个梦都没有来得及做。朋友的大姨直到我洗漱好，才过来招呼我吃早饭，蒸馍就盐干菜。她跟我说这麦面是夜来黑喽（昨天夜里）赶着磨下的新麦面。我咬一口朴素的白面馍，感觉那滋味真的很好，绵软而有弹性，慢慢咀嚼不知不觉嘴里充满了一股清淡的香甜。从前吃白面馍可是从没吃出这么好的味道，也许平时三心二意狼吞虎咽，也许其他美味遮盖了它需要耐心品味的香甜。

闲谈得知这个荒僻的村庄，在民国时期以至解放初期都出过不少人才，本地乡俗以读书为荣，谁家孩子如果考上中技（中专）或是大学，不仅家里人高兴，一村子跟着荣耀。往往在孩子离家上学时，东家西家送钱送物表示祝贺，临出门整个村庄的人前往送行，我的一位朋友就曾享受过这种最高规格的待遇。

近年来，邻近的下西渠村又出了一个名人，民办教师王思明。他白手起家，靠发动学生勤工俭学，培养了一大批农村孩子。曾多次到北京、省城做报告，前几年中央电视台还给他拍过一个电视剧。

可见在地老天荒的黄河岸边人文气息相当浓郁，人们对知识近乎天然的渴望，一点不比别处逊色。

我在村子西头站了一会儿，古渡甸的庄稼地都在塬上，一小块一小块平平整整。我注意到远处有一棵高大的柏树，单个矗立在那里，也许因为孤独反倒使它无拘无束，长得枝叶茂密，全然不像西双版纳热带雨林中的那些树，它们跟城里人似的挤挤挨挨，你倾我轧地争夺着阳光和空间。高原上的热风吹过，不见那棵柏树动一动，我疑心它是铜枝铁干了。

再美的风光也只是路过，身为过客，我不会为它们停留，我又出发了，向着黄河。

　　站在高崖俯瞰，感觉黄河浑浊而又轻盈，如一练飘带一路迤逦流过。那么从容闲散，几乎看不见什么大浪，矜持而尊贵地流淌。与想象完全两样。

　　这就是黄河了，平缓、宽阔，了无隐瞒，坦坦荡荡却还是让人感觉一无所知，就像初读《圣经》，所有的故事如此简单直白，简直是儿童读物。但合上书你会感觉到你什么也没懂。因为任何一句简单的话语足以让你耗费几年光阴，在生活的捶打中体验彻悟。

　　我至今仍记得那些话："你只看见你的兄弟眼中有刺，却看不见你自己眼中的梁木。"

　　"你们谁没有罪，谁就可以打她。"

　　有时候，彻悟简单的一句话足以改变一个人的一生。

　　此时，面对自以为稔熟实际上一无所知的黄河，我的心里一片茫然，原来臆想中的万分激动也好像没有如期而至。我也奇怪自己怎么一点儿也不激动，只是迷茫。面对黄河，所有有关黄河的文字如此肤浅，只是表象上的描述，谁也不明白它究竟是什么。

　　我曾在下游的濮阳看过黄河，那里泥沙把河床抬高，已完全变成了地上河，漫得宽阔无比，也黏稠无比，一只水鸟掠水而过，细细的腿上立即沾满了褐黄色的泥浆。而壶口的黄河真像万千怒狮聚会，巨吼震天，仿佛是从地壳深处发出，站在岸边让人觉得随时随地都有天崩地裂的可能。

　　此刻，我只是站在一段没有什么名气，也少有人来过的岸边。这里的黄河属于乡村，多像一个随遇而安的祖母。

　　河水平静地、寓言似的流淌，两岸裸岩壁立，犹如劈凿而成。黄土高原的山山峁峁都是绵软的黄土堆积而成。长期雨水冲刷，水土流失又形成了千沟万壑，但唯独在这秦晋大峡谷却是粗粝的石头山，传说，上古时期，世界爆发了一场洪水，大水吃掉了生灵无数。天帝派鲧治水，鲧窃来"息壤"治洪，结果触怒天

帝，杀鲧于羽山。鲧死后腹中产下儿子禹，禹改阻洪为疏导。用斧劈开巨岩使大水有路可走，最后向东注入海洋，从而免于使华夏大地变为泽国。秦晋峡谷据说是大禹用巨斧劈开的。

这个古老的、已荒废了的渡口没有想象中的老艄公和木船，有的只是不息的河流，那人、那船哪里去了呢？隐没在哪一段历史中去了呢？

对岸隐隐约约有一群羊，自由散漫地点缀于山坳、坡谷间。那边是山西的大宁县，和这边的古渡甸一样。乡村都是同样的，孤独而寂寞地被遗弃于现代社会之外。但遗弃也是相互的，乡村同时也把纷乱的城市遗弃了。乡村与城市就这样相互隔膜，相互漠视地对峙着，我知道迟早有一天乡村会被城市吸纳。但现在我很高兴它们还倔强地存在着，还有一群人以另外一种生活方式生活着。

黄河岸边的古渡甸人依然是日出而作，日落而息。留守土地的农夫还是用早在千年前敦煌壁画上就曾出现过的曲辕犁耕地，打场还是用碌碡和连枷。难以想象离脏乱拥挤却生气勃勃的县城只有70多千米，感觉好像两个世界似的。这个村庄相当凋敝，能离开人的都离开了，许多看上去很新的窑洞铁锁把门，院子里蒿草疯长，一片阴森森的青碧色。

在这个被现代文明遗弃的世界，村民出奇地礼貌，只要路遇，不管长幼主动向你打招呼，并且热情地邀你到家里坐一坐。我经常感动于这种真诚，也许乡间太寂静，才使人对人产生了如此真诚的热情，而城里那矫饰的热情，虚假的笑脸反而使人关闭了心灵，趋向于冷漠。无论什么东西如果掺了假，只能败坏胃口却绝对不可能蒙蔽眼睛。

太阳慢慢下去了，天空不知何时布满了晚霞，空灵透亮，连空气也成了轻金色，苍山黛岩点染了金色光晕有一种不可言说的感觉，遥远而又切近，真实而又虚幻。

暮色一层一层暗下来，坐在乡村的场院里看着黑夜一步一步降临。直到深蓝的天空缀满晶莹的星星，如此干净深邃。我已经有许多年没这样迫近地看星星了。

记不清从哪一天起疏远了它们，沉溺在城市霓虹灯俗气的艳丽之中，世上真正打动人的是最朴素的东西，比如星空，比如我们的思想。我相信最初的哲学家一定是在仰望星空时诞生了他的思想。

盛夏时节，入夜犹凉，我问女主人，顺黄河岸边往南走会到哪里，她说："天尽头。"

天尽头——好一个苍凉的去处。虽然近在咫尺，只有五里路。但我没有打算去，既然是天尽头，那就让它存在于不可到达的地方，继续它的神秘与遥远。

第二天我收拾行囊回头远眺黄河，怀着一丝淡淡的忧伤，背转了身体。

荒　原

我所居住的地方叫作马家湾，十年前还是这座小城边缘的一个农场。如今，这里修起了一座座住宅楼，变得热闹了。可是这种热闹又有点儿不彻底，不远处的一座小山还是从前的样子，杂草丛生，一派荒芜，很落魄的样子。翻过这座小山之后是一片荒原，一个幽僻的少有人迹的去处。

当我气喘吁吁地爬上这座小山的顶峰时，回头一看，感到心惊胆寒，脚腿发软。那条羊肠小路斜斜地悬挂在坡度近70°的陡崖上，显得软弱无力，像一根灰白色的细线。而它的两边都是幽深的山涧，那里的野树野草虽然干枯了，但仍然能感觉到它们在夏日里杀气腾腾的劲头。

幸亏登山的时候没看到两边的深涧，否则我会和大多数人一样选择那条平坦而乏味的大路。看来，有时候不了解真相反而会使我们更勇敢一些。

本来以为攀到了山顶就意味着一个胜利的终结，没想到往前一看，在澄澈的天宇下，群峰屹立，气定神闲。一座座山峰连绵不断，一直延伸到天边。

已经是深冬时节，脚下的小径两边荒草一蓬一蓬，令人想到《诗经》里"首如飞蓬"一句，曾是怎样一个女子，在情人远离之后怠于梳妆以至于头发像乱草一样呢？

一脚踩下去荒草里轻尘飞扬，空气里立刻弥漫着一种干草特有的清爽味道，怀旧的气息，令人不由地回忆它们当初那新鲜、蓬勃的劲头和曾经的那个夏日。

我想这里的夏天一定很清净，没有食草动物前来造访，不然，它们无法有荣有枯完整地过完属于它们的一生。

我相信等它们经历过风雪的折磨之后，第二年还会恢复青春模样，在这片原野之上舒展腰肢迎风起舞。而我却是不能了，也许第二年我还会来到这里，但那时，我已经不是今天的我。我已经消耗了一年的光阴，生命会在我的身体上把这笔账记得清清楚楚，毫不含糊。有时人真的不如草，草活了一年又一年没有什么变化，自然也没有历史感，你永远看不出一棵草活了多少个春秋。因为轻松，也就无须承载生命之重。而人就不行，度过多少光阴，都会在生命里记下一本账，如果岁月枉过，回首年华难免惭愧。所以人无法像草一样轻松、柔软。

只有我的脚步声在这荒径上回响，单调而清晰。一声鸡啼强调了荒原的圆寂，仿佛突然把苍宇间的寂静注入了我的胸腔。腔子里无比空阔，像座空荡荡的教堂，人去楼空的凄凉。所有烦乱的心思远远逃遁，它们刚才还在我的心里纠结、缠绕，此刻被这无边的静默洗刷得干干净净。

听，寂静里好像有什么声音在耳边萦绕，轻若游丝。凝神谛听，天地无语，朔风无语。是什么声音？像远古兵士的呐喊，漫山遍野，汹涌而来；又像天真的孩子清纯的欢笑，充满人间气息。环顾四野才发现不远处的一棵槐树上缀满了褐色的豆荚，风干的豆荚像一只只铃铛在空中叮叮作响。这是平时绝对听不到的音响，只有在荒原上，我才能感知到自然之音的存在，比如，风吹过树干的声音，唰唰作响，像拂尘扫过；风吹过枯草有一种金属的音质；还有风从天上徐徐下降的声音，庄严从容。

在我凝神谛听的时候，天色不知不觉有了黄昏的味道，太阳还没有下山，像一粒火炉内滚出的炭火，远远地遗落在天边。绵延的山脉和荒原之上悄悄蒙上了一层轻金色。在金色的山谷里，我独立于风中，听风吹过。

你绝对想不到，即使在冬日，一览无余的荒原上仍然有丰富的内容。树便是其中之一。

十年前，我每天去挑水的地方，有两棵槐树，一高一矮，高的伟岸，矮的温柔。我猜想它们一定是夫妻，茂密的树冠耳鬓厮磨，粗大的树根也是交错相握，它们天天厮守、不离不弃。树也有感情啊！而且如此持久专一。每次挑水路过，我总是摸摸它们的树干，在我的心里，树才是爱情的象征，花丛里的蝴蝶那么轻佻，配得上代言爱情吗？

夏日时节，我打开窗子就能看到后山上的树身披绿装，繁密的叶子缀满枝头，一派丰满润泽的青春模样。到了冬天，朔风将轻飘飘的叶子吹到天边的时候，这时，树才显示出自己的风骨。虬曲的枝干表征着树的性格，其实没有哪两种树的枝干是完全相同的，即使是一个品种也有很大不同，幼树和老树又迥然不同，就像人一样千差万别。

首先是榆树，夏天里不显山露水，到了冬天方才看出它的诗意和动人，匀称的枝干上对生着更细的枝子，一左一右，绝不逾距。树冠的顶端，细枝上撒着粒粒逗点，伸向苍穹。一棵棵榆树

像一把把疏密有致的梳子，梳理着天上的风。

梨树的外形永远那么紧凑，条条树枝几乎与主干平行向上，一丝不乱。叶子全部落光了，没有残余地挂在树上影响观瞻。它们坚定地站立，整整齐齐，像服从指挥的兵士。

野苹果树像没有经过调教的孩子，一丛丛，一蓬蓬，长得汪洋恣肆，无规无矩。它们是被撂荒了的，春天里不曾孕育果实，秋天里自然一无所获。现在它们胡乱地站在那里，是回想自己毫无收获的一生呢，还是得意于不负责任的轻松？

天色渐渐暗了下来，晚霞布满了半个天空。冬日的晚霞也淡薄得多，鲜艳的霞光里含有一种落寞的味道。琥珀色的云头上镶着浅绯的光晕，再远处就是灰白与苍黑的远天了。

夜色四起，夜风拂发、拂脸，空气里的寒意像小刀子在皮肤上刮。东边山头的月亮渐渐升起来，刚才看着还像薄冰，此时却突然亮起来了，皎洁的清辉仿佛给空无人迹的山间敷上了一层白霜。龙爪槐那看上去极普通的枝干在月光的映照下突然有了一种水墨画的意境。斑驳的树干布满了黑色的皲裂，背阴的一面锈着斑斑青苔，沧桑的样子。那酷似龙爪的枝干遒劲有力，我忽而明白为什么叫它中国槐了。

这片杳无人迹的地方其实热闹非凡，杜梨树、杏树、杌树、槭树、杨树各有各的姿态，我能从中看出它们的秘密，比如，核桃树和椿树的树干干净利落，无牵无挂，是树里的和尚。杏树们很喜欢过集体生活，成片成片地生长在一起。松树显得端方肃穆，像儒家子弟似的温良。

月亮越升越高，越来越亮，在银色的月光里，荒原坦然静默，让人一目了然，却又好像什么也看不见。

荒原是我灵魂的解毒剂与栖息地，每当心灵蒙尘的时候，我就到荒原走走。在这一片宁静中澡雪精神，洗涤心灵。

劳山之美

对于一个从未走进陕北，而只从书本上得其大概的人来说，干旱的河床、焦枯的庄稼是陕北的符号。如果你和外地人聊天，说起陕北的森林，他们多半会瞪大眼睛："怎么？陕北还有森林？"在很多人眼里，森林与陕北是无缘的，它的丰润与诗意都和陕北毫无共同之处。但是如果你进入劳山森林，你会发现陕北的内涵无比丰富。阅读陕北，需要深入它的每一个褶皱，正如阅读经典需要品味每一个细节。

还没有进入劳山，已是满眼绿色。朝任何一个地方看，都是夏日厚重的绿，绿得汪洋恣肆，绿得大气磅礴。仿佛满山满谷的绿多得盛不下，溢了出来，绿汪汪的流淌在川道上，一路迤逦着绿下去。川道里的树主要是毛头柳，陕北最常见的树，熟悉得像我们的邻家：常常打照面谁也不稀罕，但是有∃子不见了，心里就像短个什么，细细想半天，哦，那谁谁谁出门去了，多时没见了。

毛头柳就像陕北人，大方、厚道，肯为别人着想。过去陕北人做饭烧柴，搭个牲口棚都少不了向它伸手，就是到地里劳作，累了也是靠在它的身边歇息。毛头柳也皮实，砍了又长，砍了又长，总是茂腾腾的。如今毛头柳再也不用帮着陕北人熬光景了，它们只是静静生长在川道河边，将一蓬蓬蓊蓊郁郁的绿装扮着大地。

我们进入森林中，正是雨后不久，林中小路并没有意料中的那么泥泞，森林的腐殖质踩上去柔软而有弹性。赭红、浅褐、钴黄的叶子铺在地上，看上去有一种充满自然气息的缤纷之美。偶

尔有宿留于树叶上的雨滴落下来，滴在行人脸上，便觉得凉爽无比。树林里一片幽静，偶尔一声鸟鸣，更觉得凄清邈远，寂寞入骨。

劳山属于白于山系，白于山位于陕甘交界，是陕北最干旱、最苦焦的地方，劳山却是个异数。据说劳山森林源自于 150 多年前的一场劫难。19 世纪中叶，一场骇人听闻的回汉冲突波及陕北，劳山一带成了无人区。多少年来寂寞自处，无人问津。又不知过了多少年后，这里成了一片天然次生林……

劳山最常见的是小叶杨，高大秀颀的树干将细小的叶片高高举上蓝天。抬眼望去，雨后的蓝天与绿叶构成一幅充满中国气质的写意画。那些腐朽的树干上生出的木耳，恰如一只只小耳朵，在谛听山林的动静。蜿蜒的小路穿行于这翡翠的穹窿里，行走的人相互看看，笑了，人脸都映成了绿的。

树，只有在森林中才有作为树的尊严。它们都有属于自己的名字：油松、侧柏、大叶杨、小叶杨、杜梨、槭树、漆树、国槐、洋槐、椴树、白桦……不像在城里，它们没名没姓，总是被人随意摆弄。我经常看到庄重肃穆的松树、柏树要么在路边站岗，被灰尘搞得灰头土脸。要么脑袋被修剪成奇形怪状，还美其名曰"艺术"。

在森林里，他们按照自己的方式生活，油松和侧柏颇具君子之风，总是站在高高的山岗上凝目这个世界，天风过处，涛声有如远方的虎啸，让人肃然起敬。青冈木是树中美男子，树形优美，器宇轩昂，粗大遒劲的枝干努力伸向天空，充满一种力量之美。在年复一年的岁月更迭中，他专注于一件事——将自己锻造成材。陕北人都知道青冈木材质特别好，适合做家具的底衬和腿，经得住重压又不变形。陕北人还喜欢称性格倔强的人为"冈木脑子"。虽微有贬义，正如一枚硬币的两面，另一种意思却是有定见，性格硬，不肯随大流。

白桦树总是那么含蓄隽永，耐人寻味。她是树中的贵族，在俄罗斯，她被当作国树。我赞同俄罗斯人的审美取向，看那匀称的树枝，笔直的树干，无不隐含一种温文尔雅之风。在劳山的绿色海洋中白桦树齐整洁白的树干闪现其间，活像一段抒情小夜曲的休止符，给寂静的森林平添了一股活泼之气。

有谁会想到，这一片罕有人迹的山林中竟会埋藏着一段香艳的故事，一个名叫薄姬的女子长眠于此。据说，历史上有名的风流皇帝隋炀帝曾到此巡幸，看见一女子在路边挖苦菜。虽是粗头乱服却掩饰不住天姿国色，于是纳为妃子，不想她却命薄早夭。人们都说这是一段动人的爱情故事，我不这么看，我觉得薄姬只是耽于声色的炀帝一次艳遇而已，与爱情无关。而她的早逝不也隐约透露出内心的悲伤？现在，她长眠于亭亭如盖的绿荫里，我想，这样也好，与山林为伍，餐风饮露也强如重楼严锁，寂寞老去。

不知什么时候，蝉鸣渐起，不知是谁起了个头，一时间远远近近，高高低低的蝉唱汹涌而来，像海浪似的一波一波地涌过来冲击耳膜。那么肆意坦率、无遮无拦，仿佛要趁着夏日的好时光尽情歌唱满心的喜悦。记得童年时期，我家门前有一棵老槐树，一到三伏天，蝉鸣如雷，好像近旁的蝉都聚集在这里举行歌友会，中午刚欲小憩片刻，蝉鸣轰然响起听得人发烦。如今，夏天再也听不到这自然之声，满耳都是汽车的轰鸣，手机的彩铃听得人心里长满了野草似的。不期然在这里却听到了童年的蝉唱，那么悦耳，恍然时光倒流，一下子回到了童年。

站在劳山最高处瞭望，眼界所及都是绿色，远远近近、高高低低，深碧浅黛油绿苍翠，各种色调的绿混搭在一起，在风里翻飞涌动，萧然有声。山风吹来，感觉也被染成了绿色，轻轻拂过每一寸肌肤，甚至每一个汗孔都被它熨过，炎夏的溽热顿时冰消云散。

人说劳山的每一个季节都很美，我深信即使每一天，劳山的美也是不一样的，甚至从早到晚，朝晖夕阴都有不同的美。如果要领略它的美，不妨亲近它、走进它、细细品味它。

陕北的桥

陕北的河流少，且河流的季节性非常明显，冬春细如一条线，碎娃娃一步都能跳过去。到了发洪水的时候窑门高的浪头能卷走牛羊。大部分时间来说，水都不深，人们都是卷起裤腿蹚河。要是村子里的人稍微勤快些，在水面上排开一列略略平整的石块就能过河了。水再深些，就要搭个过水桥，只需要搬来几块大石头，上面再搭几块木板，铺一些秸秆垫上细土就可以了。可到了夏月时候，说不定哪一天下暴雨发洪水，一个浪头就把木板卷走了。

陕北没有真正的桥，所谓的桥，多半就是这么简单粗陋。

凉水崖

凉水崖，黄河岸边的最苦焦的地方。

隔河和山西相望，对面的村子崖崖洼洼里站着拦羊吆牛的，哪家窑背上晒辣子、晒萝卜条都能看得清清的，就是不得到跟前。过黄河，那是一件大麻缠事，要搬船哩，除过万万不得行谁也不过黄河。坡底下一条河又把村子和公路隔开，对面公路上跑的汽车看得真真的，就是不得到跟前，遇集逢会到街上买油盐酱醋，就要褊起裤腿蹚河，夏天还好说，水也不甚凉。冬天封了河能在冰上过。最难过的是初春，冰凉刺骨的河水能渗到皮肉里去。

村里人多半都有关节炎，很多老人得靠拐杖走路，腿疼的厉害哩，吃止疼片都不顶事。驮水、下地苦重的活都干不了，光景过得是没棱没沿。山洼洼上的拦羊娃娃扯着嗓子唱："长腿鹭鸶山梁梁上站，有朝一日我走大川。"走大川的梦想不知唱了几代人，几辈辈的受苦汉没有一个真的走出去的。一条河先把念书娃娃的路给断了，满村子打眼望，没有念中学的。不是娃娃们笨，念不动书，学校太远了，在 10 里路外的东沟村，要是平路捎带的也走了，路上还能拾把引火柴。可是这条不识眼色的河偏偏横在当路上。唉，老先人咋就安扎在这么个地方！

毛眼完小毕业了，还想念初中，跟她大商量，买牛想算了半天点点头，老师说毛眼是个念书的好才才，荒了就太可惜了。是哩，毛眼 4 岁上就能认得毛钱。本地人都管人民币叫毛钱。她妈遇集引上她最放心，买东西该付多少找多少，毛眼的大花眼忽闪忽闪两下就给算出来了，一分不差，比卖货的也快。旁边的人都说这娃娃大了出息呀，肯定能当个站栏柜的。站栏柜就是售货员，在 70 年代光荣着哩。

毛眼虚岁 13 了，个子却不高，小伙伴常常笑她像个灯柱柱。灯柱柱就灯柱柱，毛眼心想等我念完中学到街上站栏柜，你们还爱不上哩。

学校离得远，毛眼天天背个书包早起五更，刮风下雨一天也不敢耽误，比村里的拦羊娃娃还苦重。放假回来给她大她妈挣回来一张红艳艳的奖状，一家人围在炕上看稀罕，"什么叫三好学生？"奶奶问。毛眼给奶奶解释，奶奶一满是解不开。

夏月天的雨水说来就来，毛眼放学正蹚河回家。山洪说来就来，漂浮着河柴的黑浪头一下子把毛眼盖住了。

从此，凉水崖的娃娃就断了念书的想头。那条该死的河呀，咋就偏偏挡定了人的出路？

30 年过去了，凉水崖就没出过一个中学生。

有一天，村里来了些人，拿着些说不上名堂的家什，在那里比比画画，又是量哩又是写哩，村里人凑前一问才知道是修桥呀。已经白了头的买牛嘁了一声说："甭费那个事了，我们修一回叫水推一回。""不是咱们修的那种过水桥，人家准备给咱修的是钢筋水泥桥！"

一条彩虹一般的桥横跨在凉水崖坡底的河面上时，全村人出动了，那些架着拐杖的老爷爷、老奶奶一遍一遍从桥的这头走到那头，嘴里咕叨着"梦着哩还是醒着哩?"掐掐胳膊上的肉，哈呀，疼死了!

廖公桥

在茂密的树影里，廖公桥静静地横卧在那里，像一头反刍的老牛，缓慢地咀嚼着那些点点滴滴遗落在记忆之外的片段。廖公桥跟廖公有关，廖公是谁? 村子里说大事了小事，评理分家拿事儿的李老汉说：廖公，名叫廖均，清朝康熙年间来安定当的父母官。八年时间里，修建了学塾，请了私塾先生，培养咱们安定的子弟读书，可给安定人做下了好事。

原先安定城东 5 里处，一条深沟截断道路，老百姓出门常常要绕远路，初春坚冰融化，村里人只能蹚水而过，水能冰到骨髓里。廖均看到百姓的苦，就捐资修建了这座长 10 米、宽 5 米的石拱桥，后人称为"廖公桥"。

人是速朽的，但是他的善举伴随着这座桥被流传下来了。

廖公桥村的人说，多亏了这座桥，村子的出路方便多了。村子的出路就是人的出路，遇集上街，下地干活就不说了。娃娃们上学从这座桥上走过，越走越远，上延安、上西安有的是。李老汉的孙女蹦的最远，蹦到北京当了央视记者。

一年一年地，年深月久，廖公桥渐渐衰败了，桥上的石栏也风化了，透露出一股沧桑味道。桥面上深深浅浅坑坑洼洼，那是无数车辙和脚步留在岁月里的痕迹，桥默默记录着那些隐藏或者消散在往昔生活里的细节。美丽的拱形还在，像半个月亮掩映在浓重树荫里。7 月里，陕北的庄稼正旺相，绿油油的庄稼们在饱满的阳光和充足的雨水滋养下，拼命地生长，好像谁不这样就对不起这么好的时光，空气里弥漫着喜洋洋的感觉。

如今，村里有了新桥，不用走这座桥了。可是谁也没想到拆了桥上的石头给自己家垒院墙。下地回来，村里人端上老碗吃晚饭，抬抬头就能看见桥，就像自家的老伙计，安心而妥帖。

东关大桥

东关大桥的知名度很高。之前，延安并没有真正意义上的桥，过河要么是提鞋卷裤腿蹚水，要么是河里一字排开放几块石头，人在石头上一跳一跳地走。遇到七八月发洪水只好"望河兴叹"。

20 世纪 50 年代，东关大桥刚建成那会儿，很是热闹了一阵子，十里八乡的老百姓赶着车、骑着驴来看稀罕。"哈呀，人公家真能哩，咋价底下连一根柱子都没有？"

渐渐地，东关大桥融入了人们日常琐碎的生活。70 年代，延安本地俗语中有"三硬"之说：玉米面钢丝饸饹硬，服务员的态度硬，东关大桥的风硬。究竟谁最硬？不好说，各有千秋。不过东关大桥的风最出名。我的表哥相对象，头次见面，嫂子的态度不怎么热情，回到家里我外婆问起，表哥恼悻悻地说：势子硬得和东关大桥的风也似！还有，如果延安人笑话谁不会过日子，胡吃乱花，人们就会说："两个敲狗脑钱花干了，叫到东关大桥上吃风屙屁去！"

那时外地人来延安总爱站在桥上照张相，胸前别着毛主席像章，背景是巍巍宝塔，脚下是滚滚延河，要是手里再举一个红宝书，就别提多神气了。那时候到延安就像到北京一样自豪，回家拿着照片少不了炫耀一圈，啧啧，人家都到过延安呢！

80 年代，东关大桥更加热闹，桥头解放剧院成了本地农民工的集散地，外县进城打工的农民都聚集在这里，手里拿着泥页、瓦刀或者石灰滚子，表示自己的专长。很多人还没来得及洗掉脚上的黄泥，就成了某个工地上提灰抱砖的建筑工人。在路遥的《平凡的世界》里，主人公孙少平不甘心一辈子生活在闭塞乏味的乡村，渴望着外面陌生而新鲜的生活，于是只身出门闯荡。头一站就是这东关大桥。

东关大桥是许多人辛苦而甜蜜的记忆，从这里出发，他们赚到了比种庄稼多得多的钱，也从这里开始，他们与土地的关系渐渐疏远。

总理桥

这个名字是老百姓起的。为的是纪念我们敬爱的周总理。如今总理早已作古，可是延安的百姓每天打总理桥上来来往往，谁能将他忘记呢？

延安的老百姓似乎有一种"领袖情结"。领袖的故事多得说也说不完。随便一个上了年龄的老人都会给你讲半天。比如这总理桥的故事。1973 年，总理陪外国友好人士来延安参观，想上宝塔山俯瞰延安全貌。上宝塔山得先过南河，可南河没有桥，平时老百姓都是双手提了鞋子，卷起裤腿蹚河过。总理的吉普车过河的时候一下子陷在了泥泞里，老百姓看见了从四面八方拥来抬车。硬是连人带车抬过了南河。据说有人看见总理在车上掉眼泪。总理为什么掉泪一直是很多老人争执不下的问题，有人说是总理得知延安的老百姓还吃不饱肚子，难过地掉泪。也有人说是看见延安老百姓自发给他抬车感动地掉泪。也有人说是看见延安解放这么多年了，除了东关大桥外，再没个像样的桥，心酸地掉泪。反正这个问题一直到现在还没有说清楚，不信，你到阳崖根底下听听，那些老汉汉还在讨论着这个问题哩。

不久以后，宝塔山下的南河上就开始修建这座桥了。忘了说一句，那桥的正式名字叫宝塔桥。

洛川高桥

说起洛川高桥，那可是鼎鼎有名——亚洲最高的桥。从桥上看地下，路上跑的汽车和甲壳虫似的。人感觉就好像在天上飞。

洛川高桥是延西高速公路的一段，从延安到西安，必经洛川塬。陕北的塬地和丘陵地貌不同，边缘陡峭，中央高而平。丘陵和塬地之间往往有崾岘，所谓崾岘就是沟谷之间又深又大的弯子，翻过洛川塬上的崾岘最快也要半天。抗日战争时期，许多热血青年，千里迢迢投奔革命圣地延安，光是翻这个崾岘就得费老大工夫，要是碰上敌匪，那还不止三五天哩。后来虽说修了一条沙石土路，可延安人到西安还是个大麻烦。20 世纪 80 年代，我表哥结婚前和嫂子到西安买东西，那时刚刚兴起到省城买结婚用品，好像不这样就显得不隆重似的。早上星星还挂在天上，就要出门，沙石路上，车把人颠得肠子能拧成麻花。最要命的是上厕所，嫂子是个年轻姑娘，很腼腆，内急了也不好意思说，只好忍着。忍得脸都成了白色，还不见司机有停下来的意思，哥哥只好喊停车，司机听见了训斥道："咋恁多事，不晓得要出门？"原来，大凡要上西安的人都有个经验，一天以内决不进水进食。走到半晚上，车停在了铜川，旅客还要在路边的大车店里歇息一宿。几十个人睡一个大炕，被子上散发着无数人的体味，爱干净的嫂子拿起被子先要使劲地抖，无奈被子上的虱子是抖不完的，想一想没啥好招干脆翻过来盖，旁边的老板娘就笑：算啦，人人都是翻转盖的。

现在，延安到西安的高速公路修通了，3 个多小时就可以到西安，一天往返不成问题。在这 300 多千米的路上，架起了好几座高桥，像一座座飞跨南北的彩虹，如今路过洛川高桥，你不妨体验一下，那仿佛在天上飞翔的感觉。

天尽头

"天尽头"是陕北黄河岸边的一个小村庄，延河在这里汇入黄河，弯弯曲曲的山路，从很远的地方艰难地伸到这里就走到了

尽头。高高的山梁梁上，天尽头像一只苍鹰蹲踞最高处。村里的人们夜夜枕着黄河的涛声入梦。

在这个被时间遗忘的地方，没路没电，一切都呈现着原生状态，一年一年的日子好像从来没有发生过变化。耕地的犁是曲辕犁，和一千年前敦煌壁画里的一模一样。白天，羊群散落在山洼洼里，放羊娃一边甩着鞭子一边甩出一串串信天游，"酸曲"甩在半空里，又细又长像钢丝。偶尔天上会飞过一架飞机，像银色的鸟，在湛蓝的天空划下一道白痕。放羊娃仰起头痴痴想一阵，末了大吼一声，无数的"崖娃娃"应和着，声音传得很远很远。飞机上能听见吗？他想。

落山的日头将村庄染成橘红的时候，羊群背驮晚霞慢慢回圈，地里的受苦人也回来了，顺路还要拾一抱柴火。天一擦黑，家家户户的窑里，煤油灯便亮起来了。瘦小的煤油灯下，念书的娃娃趴在炕桌上写作业，女人凑着光亮做针线，时不时地，用银亮的钢针刮刮头皮，孩子大人的穿戴全要她们手里过。地里受了一天苦的男人们抽袋旱烟便觉得无比受活，几家的男人们凑在一起盘腿坐在炕上说"古朝"，倒不一定光说秦琼秦叔宝厉害还是杨家将厉害，更多的是说世事。

满仓的儿子一满说不下媳妇，人家的女子不管主家光景，开口先问有电没有？要是没拉上电，扭头就走。没话。

村长德飞的女儿要出嫁到蓝地，什么也不问婆家要，就要了一个电动钢磨。德飞问，你要那个做甚哩？女儿说，推碾子推得够够的。

贩羊皮的二牛说，好多村里都修公路通电哩，电泡子亮得耀花人的眼，跟白天一个样样。柱柱是个"没眼眼"，眼窝里没眼珠，落草就看不见，撇一撇嘴说，看见看不见有甚哩，晚上还看甚？大家听了都笑。

说了笑了，也就忘了。通电是个太远太远的事，黄河边上离县城有一百公里路哩，有恁容易？

说着说着 10 年过去了，有一天村里真的要通电了。消息一传开，村里赶来了戏班还红火，村长德飞说，村子里要集资一点钱，拉电线费钱哩。第二天窑门前排成了长队，"没眼眼"柱柱叫儿子扛了一个蛇皮包，倒出来全是钢镚镚、毛票票，这是他一辈子攒下的钱。柱柱说，我是看不见了，我要让我的儿孙都看见。大伙听了想笑又笑不下，鼻子酸酸的。

几年过去，天尽头不光通了电，二级路还修到了村口。一座长桥横跨黄河两岸，秦晋峡谷变为通途。一辆辆小汽车、大卡车从村口驶向远方，小村庄悄悄发生着变化，看来"天尽头"这个名字也该改改了。

金黄的豆子

那时，我还很小，还不到上学的年龄。对于一个处于蒙昧状态的孩子来说，世界是陌生而新鲜的，也是令人感到惊悸不安的。平时我总在灶间，因为妈妈天天在这儿，这儿是最安全的，起码不用看别人的眼色。

不知为什么，我早早能看懂别人的眼色。对于这个世界，记忆的开端是一个眼神，说不清我有多大，可能刚刚会走路，在模糊的记忆里，我走近一个女人，她坐在矮凳上，手里端着一只大碗。我仅仅是站在她跟前，并没有什么意图，可能我的脸上还带着傻傻的笑。不料，她狠狠地瞪了我一眼。那种眼神，我至今还记得，里面含着厌恶、警惕，还有些许的轻蔑。这是世界给我的第一本教科书。

我看到了世界对我的不欢迎。也就自然而然学会了和它保持距离。

完美的背后
wanmei de beihou

　　白天，我常常一个人游荡在茫茫草原上。累了，就睡在苏鲁花丛里，那时，我的个子很小，甚至低于一棵草。夏天，茂密的草丛几乎能掩住我小小的躯体。每天傍晚回家，妈妈在灶间做饭，我就拌在她脚下，尽管她常常嫌我麻烦而呵斥我，但我还是喜欢这里，唯有在这里，我不要手足无措地面对这个世界。兄弟们已经学会用刻薄的腔调嘲笑我是个磨锅台的料。的确，一个沉默寡言，举止羞怯的孩子身上，看不出任何的天真可爱，也看不出任何的天赋。其他孩子擅长唱歌、跳舞，他们的父母也常常引以为骄傲，众人面前，孩子的表演赢得了啧啧称赞，父母也觉得脸上有光。我没什么本事能让父母面上生辉，就经常圪蹴在灶间，拨一拨炉膛，看橘红的炭火从炉子里掉下来，迅速变暗、熄灭。起初，它们多像天上的太阳啊，到了熄灭的时候那么凄凉，比苏鲁花凋谢更凄凉。不到六岁，我已经会干简单的家务活，比如烧开水、熬米汤。这是一项不需要什么技能的活儿。只要锅里的水一开，往里倒半碗米就行了。赶车的老王不相信我会做饭，就盘问我，水开了是个什么样子？同龄小伙伴们大多摇摇头，但我知道，水面上咕嘟咕嘟冒起泡泡就代表水开了。

　　很多个下午，妈妈从地里劳动回来，用头巾打打衣裤上的灰尘，洗洗手脸就可以坐在小板凳上喝香喷喷的米汤了。这时，她会很慈爱地说："我娃长大了。"我多么盼望快快长大啊！童年的生活那么长，那么寂寞。每天早上，妈妈出门的时候告诉我，太阳落山的时候，就会回来。我望一望太阳，它斜挂在半天，一动不动。感觉好长时间过去了，又望一望，它还是一动不动，拿钉子钉在了那里似的。我每天盼望着太阳快快落在祁连山的背后。当金色的阳光铺满草滩，我的手和脸上也被染成轻金色的时候，妈妈就下班回家了。

　　妈妈就是我的家，只有在她的怀里，我是安全的、放松的。

　　后来，奶奶也来和我们一起住，她是那么老，腮巴是瘪的，脸都快挂不住了。手上尽是青筋，还布满了褐色斑点。我不喜欢她身上的气味，说不清的感觉，好像是一种衰老的味道吧，就像门前的地窖里，那些胡萝卜和大白菜烂了发出的气息。每次经过她的身边我总要屏住呼吸。

奶奶很爱热闹，家里常常聚了很多人，多数是女人。她们在一起纺羊毛织毛衣、缝裤子补袜子，说长道短，很是愉快。

一天，不知谁拿来一碗黄豆，奶奶就叫我到灶间炒豆子。我很高兴地接受了这个任务，我多么想让大人们注意到我，夸赞我能干。

金黄色的豆子在铁铲子的指挥下欢快地跳跃，房间里渐渐升起炒豆子的香气，这是一种充满人间烟火的，让人欢悦的气息。有几颗豆子蹦出了锅，在漆黑的灶台上蹦跶了一阵子后，停了下来。我的腮巴里早已经噙满了口水，看着那些蹦出锅的豆子，我想，它们是不算数的，应该可以被我吃掉的吧。

我刚刚把一颗豆子放进嘴里的瞬间，门帘子一挑，奶奶进来了。

"偷吃！"她怒吼。劈手抢过铁铲子。我被奶奶拉到外屋，在众多眼睛的注视下，她开始指责我嘴馋，害了馋嘴痨，并刻薄地说，好吃成这号，看将来谁要你呀！我并不明白"没人要"的含义，但是，众人的目光仿佛像一簇簇箭头，直刺皮肉，我感到了疼痛和羞耻，可是又无处逃，只好站在人们围成的圆圈当众接受目光的检阅和审视。

我记不清那些细节了，也许是出于自我保护的本能，记忆有意识地删除了这一段。

后来，妈妈知道了这件事，专门煮了一碗豆子。她把香喷喷的豆子放在炕桌上，对围坐在炕上的兄弟姐妹说，今天这碗豆子要我先吃，因为我最乖、最听话、最能干。我从来没有被人如此隆重地夸奖过，良久，我捏起一颗金黄的豆子小心翼翼地放进嘴里，分不清那咸咸的味道究竟是盐水豆的还是我的眼泪。

我的海

那海，就在记忆深处涌动着，呼啸着，无日无夜，使我的心灵难以安宁。

仿佛是一种来自母体的乡愁，在我记忆的深处翻腾，我的眼睛饥渴地搜索着海，在黑色的铅字里我嗅到海清新的气息，听着海狂放的喧哗。从郑振铎的海中我阅读它的沉静之美，从海明威的海中我惊骇于它的狰狞，而在川端康成那里海变成了穿和服的日本少女，优雅，伤感。

海如此神秘、丰富，没有人能解释它的深奥，也没有任何方法涵盖海，每个人都是盲人摸象中的瞎子，仅仅摸到大海的一角峥嵘，却企图以局部阐释全体。

没有机会看大海，却无数次设想跃入大海的那份放浪不羁。可是，今天当我真的站在大海面前时，我呆住了，或者说是吓住了，那是怎样的浩瀚、庄严、广阔啊！人寰时如蚁，渺小、脆弱。

我小心地伸手触摸晶莹的细浪，浪花的舌头温柔地舔着我的手，粒粒明沙从指缝间滑落，心里立刻涌起一份渴望，渴望海的拥抱。

海是宽容的，碧波起伏的坦荡好像是绿草翻滚的大草原，躺在海的怀抱让我联想到童年躺在大草原的胸膛。当大草原上索鲁花火一样燃烧时，我经常跑到一个叫"三千亩地"的地方玩，采野花，扑蝴蝶，捉蚂蚱。有时倦了，睡在如茵的绿草丛中不觉已到了午后，妈妈说野外有狼和狐狸出没叫我不要贪玩。可是仿佛冥冥中天在照应，我从没遇过危险。今天回头想来倒不是运气而是大草原的仁慈。而此刻我躺在大海柔软的怀抱里，一如童年的放心和坦然，全然不理别人的惊叫和劝告，奋力向深处游去，我不信宽厚的大海会施威，好像恃宠而骄的孩子，不信妈妈的巴掌会落在自己的屁股上。我知道这就是幸福了。也许生活在海边的人不以为然，但对于一个思念海犹如思念家乡的人，这就是足够分量的幸福。幸福的本质是一种感觉，当你觉得幸福，那你就是幸福的。

有一个故事足以证明：当年红军长征路过西康藏区，一个红军战士给了藏族放牛娃扎西一颗水果糖，小扎西回家后趁着没人，偷偷剥开糖纸舔了一口，天哪！甜！一种从未品尝过的甜美！巨大的幸福扑面而来，几乎使他无法控制感情。挨饿受冻，头人的皮鞭都被这甜蜜的滋味冲淡。一颗小小的硬糖被他每次只舔一下地"吃"了半年。从此他知道了什么是幸福。小扎西的幸福就是一颗水果糖，而我的幸福就是躺在大海的怀抱中，倾听海的心跳。

我固执地相信人本来就是海的孩子，是大海孕育了人类最初的蔚蓝色文明。在喜马拉雅山脉的雪峰里藏着海的贝壳，而大西洋海底又沉睡着神秘的大西文明。事实上有科学家推测人类可能来自海洋，在漫长的进化过程中由海洋迁移到陆地。其实干吗要进化呢？拖一条美丽的鱼尾巴在水里游来游去，累了睡在金黄浅绿的海葵上，多么浪漫！干吗千辛万苦闹什么进化！

海的美丽难以用语言表现难以描摹，其实大美是不接受任何语言规矩框范的。面对这无边的暗绿色的涌动，我像一个白痴，那些倒霉的字眼纷纷逃匿不见，是的，如此生动自由，汪洋恣肆的海，任何丽辞华章都是轻佻的。

我忽然想起另一个海，一个凝固的海，我所生活的黄土高原。如果从高空俯瞰沟壑纵横像一张破碎的老人脸。从低处仰望，峰峦如桶，感觉自己坐井观天。可是有一天如果你偶然站在某一个山顶眺望，你会忽然发现：这是一个海！一个凝固的海！

峰峦聚会，金涛怒卷，起起伏伏的山峁像浪头，一波一波地涌动，涌动，无边无际。

某种意义上说黄土高原的人一直在海中生活着。

两个海如此相似，只不过一个是以永恒的静态汹涌，一个以澹荡的动态恣肆。我像奇丑无比的敲钟人卡西莫多，第一次见到在巴黎圣母院广场跳舞的艾斯梅拉达。什么话也不会说，只会喃喃重复：美，美啊……

海是令人敬畏的，它沉默，它表达；它单纯，它丰富；它寂静，它奔放。我不敢在海面前喧闹，只无端充满畏惧，这种畏惧感无法解释，也许用恭敬和崇拜能稍释一二。大海如同一切美丽的事物震慑着我们也拯救着我们，使我们沐浴在近乎神性的仁慈的光辉里洗涤大脑洗涤心灵免于沉沦泥淖。

就这样，海的宽容、美丽和威严深深地感召着我，我很想对它说些什么又一时无语，内敛低调的性格使我无法像一个三流诗人那样激情澎湃地大喊："啊，大海，我爱你。"只是无端泪满眼眶，就像小时候在学校受了委屈和欺负哭着跑回家找妈妈的那个样子。

就这样面对着大海，挚爱着大海，让那滔天白浪狂啸在心宇，使我无法安宁。以后的日子里每当乡愁袭来，翻看那几十张大海的相片时，我就感觉到自己被大海拥入了那诗意而安然的怀抱。

金沙江的智慧

我们前往香格里拉，心里充满了对未知的远方那种强烈的向往。一路上我们都在谈论梦幻般的那帕海和纯净无瑕的属都湖，公路两边绵延的山峰无穷无尽，仿佛我们永远走不出去了似的。

忽然，前面豁然开朗，一道蔚蓝的河湾呈现在我们眼前。导游说，这是长江最大的一个弯。向西北方向极目望去，这条蓝色的大河从崇山峻岭中缓缓流出，依偎在横断山脉一个不知名的山脚下，从容地转过一个大弯后又浩浩荡荡向东流去。同行的摄影家们从不同的角度给这个著名的河湾拍照，可我看不出它的任何独特之处，这里既没有虎跳峡的奇险，也没有下游长江三角洲的宽阔与恢宏。

一年以后，我在电脑上鸟瞰中国地形图，无意又看到了长江的那个大弯。蓦然惊觉，大弯里含有一种惊人的智慧。

诞生于青藏高原的长江，幼年时期叫金沙江，那时它只是一股涓涓细流，清澈自由，在辽阔的高原上无忧无虑地奔跑。在流浪了很久之后，有一天他突然嗅到了来自太平洋那温暖的母亲般的气息，他决定寻找千里之外的海洋，重归她的怀抱，哪怕山高路远。

青藏高原与云贵高原之间纵贯着山高谷深的横断山脉，在高空鸟瞰恰似一道道屏障，阻隔了金沙江向东奔流的路。但是没有什么能改变追寻者那坚定的信念，没有什么比揣入海洋的怀抱更能令他感到欣慰和欢喜。

金沙江不动声色地顺从着南北横亘的横断山脉，改变了方向，耐心地自北向南流淌。终于，在横断山脉的最南端，当峥嵘的山峰逐渐隐入平地，他找到了机会，立刻回转身向东奔腾。

一路上众多河流的投奔使小小的金沙江不断壮大，最后变成了亚洲最大的河流——长江。

我久久地看着那个大弯，就是在这里，金沙江转变了方向，也改变了命运。他完成了自己的梦想！

还是耐心地请教大地上的山川河流吧，在我们的生活中何尝又不是如此！当我们遇到生命中的横断山脉，不妨也转变一个方向，给自己一个新天地。

完美的背后
wanmei de beihou

什刹海·时光片段

一

什刹海是不易捉摸的，像一段没有根基的梦，即使我坐在湖水岸边的长条凳上，与她面对面，仍觉得有一种无法把握的虚幻感。就像一个孩子面对复杂的世界，看到了，经历了，但仍然不认识它。

至今，我仍然无法准确描述什刹海是什么样子，每当我和别人说起我眼中的北京，说起我最着迷的什刹海，说我曾无数次流连湖边，在春天垂柳刚刚萌出第一枚新叶的时候，在秋天阳光下的水波荡漾令人感到晕眩的时候，我无法捕捉到一个词汇来准确地描述内心的感受。而在追忆中探究什刹海的神秘，大脑仿佛被格式化似的，一片空白。究竟是什么呢？静静的湖水？纷披的垂柳？还是夜晚灯火迷离中的奢华？

我看过无数的水，青藏高原的纳木错和巴松措让我肃然起敬，有如虔诚的圣徒，面对神湖，仿佛身心被清冽干净的水洗涤过一般。高原的阳光，强烈的紫外线穿透了我的躯体，迷惘，卑微，无力，穿行在人世间的烦恼，霎时间清零。在缄默不语的神湖面前人世间的纷扰是微不足道的。

西湖的美是浓郁的，一波荡漾宛如美女的回眸，一弯新月恰似佳人的笑靥，在西湖边流连多久都看不清她的全貌。因为她的美密度太大，需要一点一滴细心品咂。以我的经验，面对美好的事物，最好还是不要走得太近，人没有办法容忍心目中的美，哪怕有一点点缺陷。我的同事慕名前往西湖，回来告诉我说，没想到闻名天下的西湖也有垃圾，饮料瓶子漂浮在水面，也有人随地吐痰。失望之情溢于言表。缺点和败笔在美面前是被放大的，比如一张白纸，一点污迹就会格外刺眼。

而什刹海平和、亲切，就像从老北京胡同深巷里走出来的殷实人家的女子，圆润大方。甚至她可以不漂亮，但是一走近你，那扑面而来的，是一股温暖如春的气息。

我常常整整一个下午坐在什刹海边，细细咀嚼她的朴实和生动。我见过世界上很多惊异、震撼、夺人眼球的奇观，然而历尽繁华，最喜欢的还是日常状态下的、最平静、最平常的事物。就像与老朋友对酌，让人放松而坦然。

二

要是你以为什刹海仅此而已，甚至有些平庸的话，那就错了。比如一个人，白天他或许是平平常常的上班一族，为生活而奔波忙碌，日子过得机械暗淡、缺乏激情。到了晚上又是另一种状态，据说，北京的许多白领阶层就是如此，白天西装革履，端庄文雅，到了晚上拥进酒吧，那举止言谈与白天是判若两人。白天属于公共领域，人人必须要遵守公共秩序，那么黑夜则完全是个人的、私密的。在私密空间，放松是最好的休息。

什刹海的晚上就是另外一副模样。当夜色悄然降临，夕阳忽然给什刹海镀上一层轻金，明亮但不刺眼，闲庑地，稍稍有些落寞，而这些预示着它即将迎来纸醉金迷的黑夜。

当夜色深浓，什刹海就变成了灯红酒绿、撒金淌银之地。游客渐渐多起来了，很多人胸前挂着照相机，三五成群，走两步便停下来，照相的人背倚栏杆做多情状、潇洒状。和世界上任何名胜美景一样，什刹海只是充当背景和陪衬。浓密的黑夜里水波倒映着岸上的繁密的灯火，一切充满了人间气息，浓浓的世俗的欢乐，散发着来自肉体本身的生动、凡俗和庸碌气息。

留着长发的画家为游人画像，我原来一直不明白艺术家为什么喜欢留长发，喜欢怪异的打扮和举止。渐渐参透人情，我发现

人都渴望用一种方式表明自我的存在、自我的确立以及自我和他者的区别。当然留长发只是外化的表现，真正的区别来自内心。

我猜想他可能是北漂一族，胸中才气在小地方无以施展，背井离乡来北京，期望一展头角。毕竟北京也并非人间天堂，吃饭尤其是个严峻的问题。但毕竟是北京能包容万象。我坐在画家对面的一块湖石上，他以职业的眼光审视我一番。我感觉他的眼光有如一把手术刀，一切坦白在光天化日之下。好在他立刻埋头作画，炭笔在粗糙的素描纸上沙沙作响，好像蚕吃桑叶或无边春雨。我挪一挪身体，"不要动！"他严厉地命令我。我只好做木偶状，眼睛一眨不眨地看他。他的额头隐隐一道疤痕，冲淡了他的艺术家气质，显得有些凌厉，和什刹海平和而华丽的夜色不协调。画家旁边很快聚满了人，几个游客看看画板又看看我，视线在我和画家之间来回穿梭，脸上的表情很含混。我心里嘀咕，可又不好动，只好挨着。好容易听见他说"好了"，竟感觉有一个世纪那么长。接过画板一看，画板上的人简直是奥黛丽·赫本。我说不像我，画家说就是我，我不好争权。我明白他是在用画讨好所有给他饭钱的人。生活的压力和艺术的尊严到底哪一个重要？真是难以回答的问题。

夜色渐浓，什刹海南北沿岸的小胡同小房子纷纷隐没在黑暗里，再也看不见它们挨挨挤挤的样子，霓虹灯装饰出一个盛大华丽的太平世界。

几乎每一个酒吧门前都有小姑娘、小伙子，像雨后的青草一样，青春逼人。一有人经过便上前兜揽生意，殷勤而不啰唆。如果无意，只要轻轻摆摆手，他们绝不纠缠、立刻闪身于黑夜里。酒吧里传来音质不同的喉咙，年代不同的歌纷纷现身，可以听见"太阳最红"，也可以听见"千里之外"。身在热闹之外，尤其感受深刻的却是孤独，身边熙熙攘攘的人群所营造出来的浮华尤使人感到凄艳。

渐行渐远，渐归于寂寞。湖面上却传来隐隐的琵琶声，蘸了水听来分外清脆，这不是浔阳江头，也没有江州司马，怎会有琵琶女？借了灯光，隐隐约约看见船头端坐一个20出头的白衣女子，半抱琵琶，轻拢慢捻。我希望从她的手底下流出的是平沙落雁或者别的什么古典气息的曲子，隐隐有些担心她用最具古典情致的琵琶弹奏时下流行的什么东西。好在离得太远，我听不见。只是隐隐约约几个音符落入耳畔，就像一尾鱼滑入湖面，微微泛起几个涟漪。那个琵琶女可能也是某个音乐学院的毕业生，就像刚才的画家，他们都是因为才情卓著而走上了艺术之路，然而生存问题却成了最大的难题。尤其在北京，一个人的生存都需要耗费很大精力和智力。生活就是这样充满悖论，想在精神的天空自由飞翔，却被物质的绳索牢牢缚系于大地。

我坐在湖边石上独酌，在这里，没有什么刻意要隐瞒的，也没有什么刻意要表现的。没有人认识你，你也不认识谁，人人都还原为最放松最常态的模样。我不知道喝了多少，反正喝到最后，喝酒跟喝水的味道是差不多了。

醉酒是什么样子？不好说，反正人各有不同，喝酒不醉真英雄，我当然不是英雄，自然要醉的。不过不是烂醉如泥，那简直是丑态了。我认为，喝酒是风雅的事情。1000年前，当李清照还是一个富家少女，有一次出去玩，喝得昏天黑地，连回家的路都找不着了。因为她喝酒，我就很喜欢她。还有我所钟情的苏轼，有一年的八月十五，喝了一个晚上的酒，大醉之下尚能写下"大江东去，浪淘尽风流人物"。可见酒与才情不可分离。我虽不能下笔如神，却也还认识回家的路。

子夜时分，一个人走在平安大道上，心情很是爽朗，就像陕北秋天的艳阳天。平安大道直通我在北京的蜗居。我没有什么可操心的，灯火辉煌的街道，到处流淌着令人安心的芬芳气息。我信任这种气息。

于是，这条被路灯装饰成黄金一般色彩的路上，我，独自一人扯着喉咙高唱家乡的信天游，回家。

寂寞五当召

五当召像一个哲人，静静地存在于世界之外，既不张扬，也不隐退。如今，我仿佛是一个与人群失散多年的梦游者，轻轻走近他，生怕惊扰了他的冥想。

阴山像一双巨掌把热闹的世界挡在了外面，两个世纪前这里树木繁阴，山峰叠翠，流水淙淙，水草茵蕴，牛羊、麋鹿遍洒原野。本地地方志曾记载，当年五当召的创立者阿旺曲日莫为寻求一处佳地，翻山越岭，走遍了内蒙古大草原。有一天他登上高山远眺，忽然一只苍鹰俯冲下来，抓起他的帽子向北飞去，阿旺曲日莫穷追不舍，蹚河攀岭，来到这里，而他的帽子正挂在一棵柏树上。于是，五当召建于此地。

"五当"是蒙语，柳树的意思，召为寺庙之意。它是18世纪内蒙古大草原上藏传佛教的著名学府，也是解读藏传佛教的一把钥匙。

这是一处相当独特的所在，敦厚结实的墙体，平顶无檐，无中原古典建筑飞檐斗拱的飘逸感，却有藏民族所特有的稳重厚道的豪迈气质。

五当召是藏传佛教的圣地之一，规模仅次于西藏大昭寺和青海塔尔寺。据说当年香火旺盛而今却日见冷落。在我看来，这倒好，清静才是宗教的气质。

我庆幸它没有沦落成"文化搭台，经济唱戏"的角色。它冷静、平和、不亢不卑地存在于那里，你可以走近、阅读、玄想，却不可以肆意喧哗。

遥想当年，广袤的内蒙古大草原上，那些一生守护着牛羊，辗转迁徙的人，撇下毡房里的妻儿，牧场里的牛羊，拉着骏马，驮着整羊、茶叶，越过千里草原，从四面八方聚集到这深山寺庙前朝拜佛祖。尽管我是个无神论者，但我仍能体味到朝拜者在沐雨栉风中所独有的精神快乐。

朝佛，也许只是为了给精神寻找一条出路、一处归宿。

我长久地立在洞阔尔殿宽大的台阶上，天风吹过，带来远处草原的清香。我感到通体被风穿透。

8月的草原，秋风吹起的仿佛是人生的凉意，在一切都像风一样不可捉摸的今天，变化是唯一的真理。但是，当变化真的逼近到眼前时，我又是那么茫然失措，像迷路的孩子。我伸手想挽留住风，风还是迅速地从我指尖滑过，轻扬远逝。

我转身看看背后的洞阔尔大殿，它还在，门前绛红色袈裟的老僧还在，他们并没有随风而逝，还留在原地一动不动。风只能带走它所能带走的。

走进大殿，殿内光线昏暗，正中供奉着甘珠尔活佛像，其实他只是一个比喻，一个象征。千里迢迢赶来朝拜的人，朝拜的是内心的佛。

神是否存在，人们争论了几千年，任何存在与否的举证，都能找出大量的反证。也许宗教所能提供的只是一种方向，一种理想，一种永不能到达的彼岸，人正是在追求途中获得心灵的喜悦，所以信仰什么并不重要。重要的是人在崇仰过程中所表现的精神、气质让人感动，谁也无法漠视那种坚定不移的精神。

门前的老僧那宽大的绛红色袈裟在风里一鼓一鼓，人却一动不动。他看着我，又好像是看着我背后的远山。旁边是一只大法轮，据说，转它一下，等于念10万次"六字真言"，我使足了力气，心里默念那些亲切的名字。

宗教号召人去爱人，爱一切人。当然，之中一定包含仇人，那么有没有一个爱仇人的胸怀？当胸怀中插满利刃犹能隐忍？我的手停顿良久，还是再一次转动法轮。人的快乐包含着宽恕。宽

恕他者等于解脱自己。

我小心地迈过当坛希德殿的门槛，脚步轻轻，生怕惊动诵经的僧人，这些年轻的面孔，目光洁净，表情单纯。旁边的壁画，昭示着五当召的十重戒，四十八轻戒。我曾多次琢磨过一个问题，为什么几乎在所有的宗教中都有戒律，给人划定一个不能为的禁区。或许人活一辈子，只能做好有限的几件事，许多事不做，才能做好想做的事。倘若样样占全，势必样样做不好。戒律的智慧正根植于此。譬如快乐的原因也正在于有所达不到。

正午的阳光下，我站在五当召最高处，看大片大片的云影掠过山峦，那些阴影迅速移动，反倒让人生出无比寂寞的感觉。

一只苍鹰箭一样冲向天空，是不是当年叼起阿旺曲日莫帽子的那一只呢？它越飞越高，直至成为一个黑点，悬浮于苍穹，那么孤独，那么傲慢。

寒窑守望者

"守望"这个词如果仔细品味本身就带有一种宗教情绪，它包含了信与望，因为相信而盼望，并且坚守着一种信念或理想，让人联想到永恒或执着等词汇。

秦腔传统剧目里有一个关于守望者的戏《王宝钏》，讲相府小姐王宝钏爱上了穷汉薛仁贵并且不顾父母阻挠嫁给了他。后来薛仁贵率兵征西，一去18年，王宝钏苦守寒窑18年，从少女变成了老妇，终于等来了丈夫衣锦还乡，夫妻团圆的故事。

这出戏像豫剧里的《花木兰》，越剧里的《梁山伯与祝英台》，黄梅戏里的《天仙配》一样，几乎成了秦腔经典。陕西关中一带的秦腔迷们茶余饭后大多喜欢哼几句"三击掌"，"武家坡戏妻"等。

那年我去了西安曲江池附近的"寒窑旧址",正是隆冬,可是游客仍然不少,导游小姐一边熟练而流利向游客介绍王宝钏守节的故事,一边将"寒窑"内的破旧家什指给人看,那里面简直是"绳床瓦灶",堂堂相府小姐本该安享尊荣,谁料竟落魄到如此境地。一位胖胖的女游客操着闽南普通话很同情地问"后来呢"?

"后来他们夫妻团圆,恩恩爱爱白头到老"。

游客们发出一种夹杂着感慨和赞美的叹息,算是给这个大团圆的老套故事打了一个满分,好人毕竟有好报。

可是导游小姐"忘了"给游客们介绍一个细节:薛仁贵衣锦还乡带来了荣耀地位的同时也带回了代战公主——他的新妻子。

这是一个尴尬而棘手的问题,再怎么解释也不美妙。还是陕西人厚道,干脆让她再做牺牲,退后一步天地宽嘛。让两个姐妹相称侍候丈夫,就像后来张学良的两位夫人于凤至和赵一荻那样。

也只好这样,要不恐怕又要续一出《大红灯笼高高挂》式的明争暗斗了。

高尚是高尚者的墓志铭。这出戏隐含着一个人性的巨大的悖论。好人不一定有好报,付出不一定得到,也许最初的那个编剧早已发现了这悲凉的真理,故而安排了如此热闹的悲剧性结尾。

和这个故事相仿的另一个故事《玉堂春》里讲妓女苏三和书生王景隆的悲欢离合。苏三显然不是传统道德的样板,守情不守贞,而她的结局是喜剧的。因为作为她来说,有这么一个结局是最好不过的。王宝钏是典范的淑女,18年的等待足以证明,而她的结局却是悲怆的。这意味着什么呢?在我眼里,王宝钏的价值根本不是道德层面上的,她与吴敬梓笔下"道德模范"王玉辉的姑娘表面似同而实质不同,后者拼弃一死,只为挣一个"名节",而王宝钏却像个瘦弱的爱情朝圣者,仅仅以忠诚真挚为食,风餐

露宿于没有怨恨、没有报复的土地上，甜蜜而凄凉地守着，等着。与其说她是个道德的守望者倒不如说是爱情的守望者。

可是面对年轻美貌的代战公主，王宝钏，你还肯定你拥有爱情吗？

当18年的守望，爱情成了飘逝的风筝，你的心一定会流血的，你终于明白爱情的内核原来是无奈，而孤独就是它存在的背景！巫山神女早已成了石头，而望江楼上的薛涛也望穿了秋水。

这个世上本来就没有什么能不变，只是我们误以为爱情是永恒的，就像一首歌里唱道："当手里握紧了真情，一回首却发现它早已荒凉。"

18年，能将红颜变成枯槁，能将青丝变成白雪，也能将一贫如洗的穷汉变成赫赫有名的将军。那么还有什么不能变呢？

我相信爱情的真挚，但我也理解爱情的变迁，当爱已逝去，守望者只是守望自己心中的爱情，与他人无关。王宝钏也只是守望自己心中的爱情，与薛仁贵无关。

读柳永

800年前，通往汴京的大道上，一个年轻的白衣读书郎前往赶考，他就是柳永。和众多同行者一样，对高中金甲充满了热望。那是他们实现人生理想的唯一途径。然而仿佛冥冥中注定了他的不幸，因为他有一个"不雅"的爱好：喜欢填词。一句"忍把浮名，换了浅斟低唱"，惹恼了宋家皇帝："既是浮名，何用求取，且去填词。"被皇帝否定的人，注定与功名无缘了。"达则兼济天下"的梦，化为泡影。穷呢？也没有"独善"其身。于是他混迹于勾栏瓦肆之中。按一般人的臆想，这小子完了。可是，中国词坛上从此萌出了一株奇丽的仙葩——慢词。它的创造者就是柳永。

我们很难想象唐诗少了李白是什么样子，同样也很难想象宋词少了柳永该怎样暗淡，于是我们有幸可以翻开散发着墨香的诗卷吟着"杨柳岸，晓风残月"等丽词俊句。天生我材必有用。我臆想柳永被皇帝逐出科举大门之后的样子：几分无奈，几分洒脱绝无半点邀媚之态。不让做官，那么我就做一个行吟词人，这你可管不得了。

可是，很快他发现自己是多么的孤独啊，没人理解他，或不屑或不睬，理解了又如何？古今中外杰出者都是孤独的。文人们鄙薄他不务正业，贩夫走卒也嗤笑他："穷酸文人，半个秀才也捞不到。"女人呢，小家碧玉羞答答地不解又好奇地偷窥这个潦倒的读书郎，想道：太穷，养不起家。大家闺秀被锁在深深庭院中坐井观天，剩下的只有妓女，这些与他同样命运的人。她们少了理学熏出来的做作，更多地流露了女人的天然态。丰富的阅历使她们见多识广，谈吐不凡，且多能吟诗作画，难怪柳永要与她们为伍，他们互相欣赏着，珍视着。"衣带渐宽终不悔，为伊消得人憔悴。"许多人喜欢这句，只是不喜欢这个"伊"。其实爱情又何必非要有角色限制呢？戏文里是才子佳人，英雄救美。美是美只是脆弱如瓷器，让人不敢往下想。而柳永死后，也是由这些歌妓们送的葬，人性的本真往往存在于下层人身上。

男性的荣耀，柳永一样也没有得到，甚至死后被演绎为两片胭脂红夹住一个琼瑶鼻，在舞台上伊伊哦哦的纨绔子弟。可是经百年的大浪淘沙之后，他却像一粒孤独的金砂一样被留了下来，在太阳下灼灼耀眼。我不明白是才华使然还是困苦使然，如果因为才华，难道湮没于历史长河的状元们就没有才华吗？若是因为苦难，那么让我们对苦难这个丑陋的巫婆敬个礼吧！同时，也对所有命运多舛的不屈者敬个礼吧！有了他们，才让我们今日有书可读。

破译传说

有时候越是简单的东西越有回味的余地。中国四大民间传说是四个简单的故事，被无数母亲讲给自己的孩子们听。其实这些故事通通指向爱情，绝不仅仅只适合孩子们。它们好比四个窗口隐秘曲折地透露出我们的祖先如何理解爱情。

梁山伯与祝英台

这是一个最具艺术气息、最能体现中国人浪漫情怀的故事。大致情节是梁山伯与祝英台生不能结成夫妻，死后化成了一双蝴蝶双飞双栖。

首先这极有可能是由某个读书人杜撰而成，主人公祝英台女扮男装外出求学，这使她不仅具备了女性的美丽聪敏而且知书达理。这完全符合古代知识分子对女性的审美要求，所谓红袖添香夜读书，正是一般读书人心目中幸福家庭的模式。

和你一样，我觉得这个故事最打动人心的情节就是"化蝶"。每次听吕思清演奏的《梁祝》CD片都忍不住落泪，只为那份超越庸常生活的执着与专一。这是每一个人渴望然而不是每一个人都能做到的。

尽管如今我们接受了"不求天长地久，只求曾经拥有"的现实，尽管爱情飘扬在大街小巷每一角落，但在你我看遍繁华热闹，蓦然回首，惊讶地发现每个人真正渴望的还是一份专一而执着的爱情。

爱情要求专一，但专一不是爱情的自然属性，实际上世上的一切都会改变，唯一不变的就是"改变"。爱情也不例外。正如你我青春的容颜总有一天变得憔悴沧桑面目全非。

一切都在变，我们也在变，而梁山伯与祝英台以化蝶的形式超越了人类普遍存在的弱点，完成了一个唯美的爱情，所以尤为动人。

后来在一本书上得知梁祝二人确有其人，只不过一个是明朝的清官，一个是南北朝时的女侠，相距千年。其实这个故事本身只不过是个躯壳，重要的是它所表达出的人对于超越自身弱点的渴望。

有没有呢？多年以后有一个人在我们的坟前号啕大哭？

白蛇传

再美的爱情也掺杂着怀疑、嫉妒、阴谋与算计，所以无所谓完美。在这个不完美的爱情故事里白素贞爱上了平庸的许仙。本想和他相爱一生，但和尚法海偏要和蛇精白素贞过不去，最后白素贞被永镇雷峰塔底。

起初法海一句挑拨便使许仙心生疑窦，在端午节强要白素贞喝下雄黄酒，以致现了原形，吓死了他。为救许仙白素贞上穷碧落下黄泉，京剧《白蛇传》里这一段尤为动人，为盗仙草白素贞与鹿童杀得天昏地暗飞沙走石。全不是西湖断桥边柔情似水的白娘子，直到仙翁出面调解。

一个男人被女人挚爱如此该是何等幸福！

这个传说的独特之处在于：许仙和白素贞的不般配。浩如烟海的古典言情小说里多半是才子佳人、英雄美女，好像只有他们才配。我要说的是爱情不是什么人的特权，它像蒲公英的种子，可以生长在任何一片有阳光、空气和水的心田，甚至于乞儿、妓女也都会有一份属于自己的情感。所以，勇敢坚强的白素贞完全可以爱胆小怯懦的许仙，无所谓值不值这毕竟不同于做生意要讲究投入与产出。

这个故事实际是隐喻现实生活中普遍存在的不完美的爱情。

幸福中的痛苦才是世间最真实的滋味。

残损是另一种形式的完美。

永镇雷峰塔下的白娘子连同她晶莹剔透的爱情将永生永世埋葬塔底，向我们证明爱只是有关于自己的一件事，许仙只不过是个载体。

牛郎织女

应该给它加一个副标题"庄稼汉的爱情"。

主人公牛郎是典型的生活在农村的弱势群体代表。从小没爹没娘，受尽兄嫂虐待，不得已分家另过，凶狠的哥嫂独吞家产，仅给了他一头老牛，一辆破车就赶他出门……

你不得不惊叹这和农村至今存在的现实何其相似，处于劣势的牛郎们缺吃少穿的凄惨景象不难想象，结婚更是白日梦。村里的小家碧玉多半会很实际地想：太穷，养不起家。那么他们唯一的安慰就是幻想，幻想遇上了仙女，而这仙女也必须符合一般庄稼汉的审美心理：贤惠能干，心灵手巧，干活麻利，白天纺线夜里织布，最好还能生一儿一女。与之类似的故事还有《田螺姑娘》，大致讲一个庄稼汉每天回家都有人给他做好饭，原来是田螺变成了姑娘并爱上了他，后来两人成亲过上了幸福生活。

这些故事都流露出庄稼汉对待爱情的实用倾向。不过牛郎织女的故事是一场悲剧，两人被阻隔于银河两岸，站成两颗恒星，成了永恒爱情的象征。

宋代秦观说：两情若是久长时，又岂在朝朝暮暮。也许牛郎织女化为两颗恒星的结局是想赋予爱情以永恒的品质，透露出你我潜意识里对于永恒的渴望。应了一句俗话：缺什么稀罕什么。正因为俗间难以永恒，才把希望寄托在天上。

事实上大多数爱情只不过是你我手里握着的水杯总有一天会破碎，有意打碎或无意打碎，只是时间长短不同。

孟姜女

有人说人生幸福的首要是生活在一个和平年代，那么人生不幸的首要就是生活在一个乱世了。中国古代的男人们打仗时要服兵役，不打仗时要服徭役，都要远离家园妻小饱尝离别的苦痛，这个故事就是征夫们的集体创作。

美丽的孟家大姐和万杞梁喜结良缘，不久丈夫被征去修筑长城，孟姜女千里寻夫，哭倒了长城八百里，后来秦始皇看上了她，她宁死不从蹈海自尽。在这个故事里，男主角几乎陷入一片模糊的背景，清晰的只是这个哭泣的女子，想那哭声何等凄惨，竟能使长城轰然倒塌。这是否在隐喻它的不堪一击？事实上长城的最大功劳是给了秦始皇们一种感觉上的安全感，它并没有阻挡住任何必然要到来的东西。这不能不说长城是愚蠢和暴力的象征。

我奶奶曾给我念过一句歌谣，万里长城万里长，只闻孟姜哭长城，不见始皇城上跑。在山海关的老龙头上眺望大海可以看见远处一块黑色礁石，传说是蹈海自尽的孟姜女，我相信她为爱情而死。爱情在她的心中是一件很重要的事，其实爱情在你我心目中也是很重要的事，可是一旦与现实利益冲突，首先要被抛弃的就是爱情，遑论为它而死！所以我们赞美重视爱情的人！

中国众多的言情小说大部分脱不了老套，总有一个幸福美满荣华富贵的辉煌尾巴，足以抚慰我们但又骗了我们。而这四个民间传说无一不是悲剧：投坟化蝶，永镇雷峰塔，隔河相望，万里寻夫。这些巨大的遗憾隐射凡间的千疮百孔，但正因为遗憾反而造就了巨大魅力，值得我们从小时候一直到老反复回味，永不言倦。

嗟来之食，你吃不吃

有一年齐国大旱，一个善人在路边设粥场，赈济灾民。一天路上来了个昏昏沉沉衣不蔽体的人，善人大声叫住他："喂，过来，吃碗粥再走！"那个人两眼一瞪，"干吗那么大声？真没礼貌，我不吃！"说完径自走开。后来，这个人活活饿死了。

这件事给一位道德家知道了，他正觉得自己做了一辈子学问，没弄出什么名堂，想找机会扬扬名，于是便故作惊人之语说："好啊，齐人真有骨气呀！"后来，他把这个故事写到书里，齐人便成了道德模范。人人都夸他有骨气，死得值，一夸就夸了几千年。

但是，如果齐人是我的朋友，我会悄悄劝他说："活命要紧，先吃了这碗饭，把命保住，留得青山在，不怕没柴烧。待以后发达了，再把脸面争回来。"

活命要紧！对任何人来说没有什么比生命更重要。

我觉得一个人肯忍受屈辱，以图来日方长，比逞一时之快，更勇敢，是真正的勇敢。只是这种勇敢在很多时候反倒显得懦弱委琐。

比如韩信，小时候是个流浪儿，没爹没妈缺吃少穿，常常遭人欺负。有一天，一个无赖没事干想戏耍他，就叉开两腿要韩信从他双腿之间爬过。围观看热闹的人里三层外三层，他们想那小子韩信说什么也不干的，这下两人就会干一架，那才好看啊！大家知道我们中国人历来就爱看热闹的。可是事情让人失望，韩信当真趴下钻过了人家的裤裆。

要是故事就此了结的话，道德学家就会说："这小子太没骨气!"说不定他还会成为一个窝囊废的标本，钉在历史书发黄的一角任人笑谈。可是，故事还没有结束，正是这个忍辱偷生的韩信，若干年后，在风云际会的楚汉战争中崭露头角，成为一代名将，被汉高祖刘邦分封淮阴侯，一时间光宗耀祖，乡人引以为荣。试想，当时的韩信如果不忍一时之气和那无赖拼个你死我活，汉朝的历史也就该重写了。

还有一个人，故事和韩信差不多，此人是春秋时期越国国王勾践。在吴越战争中，越国被吴国灭亡，他本人也入吴国为奴，给吴王夫差养马，有一次夫差骑马，正好旁边没有上马石，只见勾践"扑通"一声跪下给夫差踩着上马。故事要讲到这里，谁都会以为这个勾践已是甘心为奴了，孰料多年之后，暗中发奋图强的勾践，积聚实力一举灭了吴国，称霸一时。后人才有了"君子报仇，十年不晚"的教诲。

如何面对屈辱，是测试一个人是否真正勇敢的最好试剂，因为敢于面对屈辱是最难的。

还是在楚汉战争中，项羽先是占尽天时地利，那时还很弱小的刘邦乖乖把关中拱手相让。项羽自以为高枕无忧，得天下如同探囊取物。谁料几年后，双方实力发生了逆转，项羽几十万大军被刘邦团团围于垓下，江东弟子悉数折戟沉沙。项羽大势已去，面对滔滔乌江，长叹一句："无颜对江东父老!"这句话暴露了他内心的怯懦，害怕失败了回家叫人嘲笑，于是拔剑自刎。

英雄末路，悲壮倒也悲壮，但是项羽就算不得真正的勇敢者了。因为在失败面前他选择了逃离。1000多年后，有个诗人也批评了他的怯懦"江东弟子多才俊，卷土重来未可知"。

项羽之勇说到底是匹夫之勇，真正的勇敢是敢于忍受失败、屈辱、嘲讽和委屈。如果一个人战胜了这些，那么他必将沐浴胜利的喜悦。当你陷入落魄境地，面对嗟来之食，你该如何去做?

追忆英雄

项羽几乎是失败的象征，因为失败便不被承认，在京剧舞台上被演绎成一个滑稽的大花脸，捋着一大把胡子。其实，他在乌江自刎时也还很年轻，算是位青年将才。噩梦般的垓下之围，四面楚歌使项羽的霸业逐水而去，让他徒唤奈何：

> 力拔山兮气盖世，时不利兮骓不逝。
> 骓不逝兮可奈何，虞兮虞兮奈若何。

江山易手，犹不能忘怀于虞姬，这正是项羽不同于一般草莽英雄的重要区别。宝马娇妻，必是真英雄所至爱。1000 年之后的成吉思汗曾毫不掩饰地说："人生最快乐的事莫过于夺人宝马娇妻了。"

项羽的戎马生涯中似乎仅仅有这一个女子追随，我曾无数次地想象过这个女子，在刀光剑影的日子里始终不离不弃，不是至情至性，恐怕难以做到。虞姬的名字并不为许多人所知，名气远远不及权欲熏天的武则天和懂得如何智慧地利用自己身体的上官婉儿，也比不上美貌著称的沉鱼落雁、羞花闭月们，但她是个不凡的女子，为了不致拖累夫君，而使其东山再起，决然拔剑，顿时桃花飘零，玉山倾倒。

有种叫"虞美人"的花，开得极为娇艳，据说，就是她死后精魂所化。

此刻的项羽惦记的不是所谓英雄大业而是这个娇弱的女子，所谓无情未必真豪杰，真英雄必有软弱的一面。小时候我曾看过吴冠中的一幅油画《霸王别姬》，那时并不知道这个故事，但画中那个男人的痛苦情状深深印刻在脑子里。英雄盖世的项羽一手抱着死去的虞姬一手支着前额，半跪于地。整个画面充满着绝望与悲怆气息。

相形之下，他的对手刘邦则更具有所谓政治家的"风度"。一次与项羽交战，败逃之际嫌车不快一脚踹下去一个儿子，还嫌不快，一脚又踹下去一个。两军对垒，项羽将刘父押至城楼，恫吓刘邦说要将其父煮成肉粥，不料刘邦听后哈哈大笑："俺俩是哥们儿，俺爹就是你爹，你煮肉粥喝，别忘了分给俺一碗，如何？"

无赖情状，跃然纸上。楚汉战争在本质上是一个率真的英雄与一个老练的无赖之间的较量。

在权力的角逐上只有成败，没有对错。刘邦显而易见是成功者，在这里似乎产生了一种"马太效应"，使得成功者的一切都罩上了迷人的光环：狡诈成了智慧，无耻成了机变，刚愎自用成了自信果断。而项羽这边正好相反：勇敢成了鲁莽，直率成了粗鲁，天真成了幼稚，在这里汉语体现出不可理喻的两面性。

于是，今天我们在大街上随处可见各种各样教人如何"成功"的书籍：如何巴结上级，如何讨好异性，将曲意逢迎说成灵活机智，将欺骗隐瞒说成适者生存……充斥着腐朽气息的"智慧"大行其道。我并无意为谁叹惜，实际上刘、项不论谁成功，历史的大致流程也不会改变，只不过某个朝代的名号会有所不同罢了。

项羽死后也一直没有安宁过，"江东弟子多才俊，卷土重来未可知"，有人可惜他死得太早；"宜将剩勇追穷寇，不可沽名学霸王"，有人说他本来难成大业。正如楼有多高，背后的阴影就有多长，一种优点必然伴生一种弱点，从伟大到可笑只有一步之差。后人怎样评说都自有他的道理。

800多年前的李清照很喜欢这个失败了的英雄，说：

生当作人杰，死亦为鬼雄。

至今思项羽，不肯过江东。

既然游戏已经结束，那么生命便定格于此。这同样才是真英
雄所为。

对项羽的追忆，不仅仅是因为他叱咤风云，更重要的是他的
至情至性与结束一切的勇气与从容。

走过青冢

就在这座覆满郁郁青草的坟头下，沉睡着一个女子，美丽绝
伦的王昭君。

她有着太多的传奇，两千年间的文人墨客写也写不完，画也
画不够。其实，她只是情场上的一个失败者。汉元帝庞大的后宫
充斥了佳丽，争妍竞艳，她同大多数女子一样，尽管芙蓉如面柳
如眉，也只能在严锁重楼中寂寞地死去。一如深谷中的幽兰。

是因为一场战争她成了汉家皇帝的一枚重量级筹码。她被远
嫁至番地和亲，很多人说她是主动要求去荒蛮的番地，做呼韩邪
单于的阏氏。这是绝对需要胆略与见识的。与其锁在深宫虚掷青
春，不如远嫁，做一个真正意义上的女人生儿育女。至于爱情，
那是奢侈品，没有也罢。就是今天，有了很大自主权的我们有几
个敢说，婚姻都是因为爱情而缔结的呢？不甘受命运摆布的王昭
君，终于争取到了同类女子中最好的命运。

事情就是这么奇怪，无数将帅运筹帷幄，万千征夫血流成河
的这场厮拼，被她玉指轻轻一点定格。从此草原上汉、胡两家化
干戈为玉帛，几十年相安无事。

人们常常津津乐道于中外历史上一些奇女子的巨大"威力"。比如埃及女王克娄巴特拉，这个往脸上涂鳄鱼粪做面膜的漂亮女人，有人说："如果这位女子的鼻子再低一点儿，那么，古罗马的历史将会重写。"颇具讽刺意味。其实，这不过是男权社会一个美丽童话，发动战争游戏当然少不了土地、和平等借口。而停止游戏那就是不爱武装爱红装了。男子们很愿意接受这个风流儒雅的说法。至少有面子。于是"和平使者"三昭君出塞，锦帽貂裘，怀抱琵琶，很有一点外交家的风采。

我想象不出塞外的朔风如何掠过这柔弱的女子，遮天的黄沙如何淹没了远行的人马。昭君，你可哭了？你可会梦见长江岸边的家乡？梦见长安巍峨的宫苑？梦见爹娘？命运为什么打开了门就必定要关上窗子？

后世文人由此衍生出许多传奇故事，白朴笔下的她是烈女，面对番王的威逼，挺身而出，用生命换取国家的平安。郭沫若笔下的她则像个高瞻远瞩的外交家，致力于汉、胡的交好，祖国的统一。不管是历史像个小姑娘任人打扮也好，还是文人的妙笔生花也好。在她，最起码是一个珍爱生命，珍爱今生的女人，在女人不能把握自己命运的时代，她居然能舍弃也人所不能舍弃的荣华自甘居于不毛的边地，全力为自己争取最大的自主，最大的幸福，这是一种真正的自珍。由此联想到明代一位著名的烈女——因手臂被一男子无意碰了一下，便觉得受了玷污而断臂自毁。"贞烈"至极，然而暴殄生命也太过分。孰二孰下一眼可知。当然，昭君出塞不仅在于她珍爱自我，还在于她同时也给边塞的老百姓带来了和平与安宁，所以，珍爱自我就是珍爱他人。

往事越千年，在这个温暖的暮春时节，我终于来到青冢前，在巍巍的大青山下，沉默肃立，向这位敢于扭转自己命运的女子——致敬！

老钟的瓦子街

老钟平生最自豪的事就是他曾参加过"瓦子街战役"。

老钟是一个普通的庄稼人。童年时期，我们常常围在他的身边，听他讲瓦子街的战斗故事。老钟一讲起故事，就像换了个人，蔫巴的脸上立刻神采飞扬，一只手端个粗瓷老碗，另一只手握住筷子，激动地用筷子敲着炕桌"笃笃笃"地响。在我眼里，瓦子街遥远而神秘，充满了传奇，仿佛是在我们的世界之外。

我做梦也不曾想到，20多年后，我的双脚会实实在在地踏在瓦子街的青石小路上。

5月的瓦子街平和、寂寞，这里与热闹的世界无关。安静得仿佛能听到树木生长和花朵开放的声音。

四围重峦叠翠的山峰像母亲温柔的臂膀，将它拥于幽深的山谷间。明净的蓝天之下是一望无际的山林，葱茏茂密。正午的阳光下春松华茂、白桦挺秀，淡紫色的丁香花和雪白的杜梨花一团团夹杂于浅碧深绿中。不知什么地方传来布谷鸟悠远的啼鸣，里面有一种闲散的、无处着落的忧郁。

其实瓦子街只是陕北高原上的一个普通小镇，平凡得有如高原上随处生长的杜梨树。但是，早在我的童年，在千里之外的弱水河边，我就知道它的存在。"瓦子街战役"是老钟的故事里永恒的主题。老钟曾参加过西北野战军，老钟说他常常梦见彭老总给他们训话，梦见还在瓦子街的战壕里打仗。他老婆说他把魂丢在了瓦子街。

半个世纪前，也就是1947年，老钟就当了兵。那时他还是个后生。我主观臆断他当兵只是为了有口饭吃。尽管电影、电视上都那么演，说广大翻了身的农民要保卫胜利果实。但老钟和人家不同，他没有什么"果实"可保护。家里大人们说，那时，老钟穷得就剩当掉裤子了，同龄的后生们都有两三个娃娃了，他还是个光棍。

一无牵挂的老钟参加了彭德怀的西北野战军后。次年2月，他所在的部队奉命南下，要和胡宗南打仗。这一仗是平凡了一生的老钟最值得骄傲的事。许多年以后，他坐在自家或别人家的炕上，他一次次描述那次难忘的战事，讲到激动处，胳膊一扬一扬的，好像自己是战场上打马扬鞭的彭大将军。

直到现在，我还记得那些故事的碎片："我们部队接到命令后，急行军一天一夜走了140里路，走着走着人就睡着了，一边走路，一边睡觉……

"到了瓦子街后，先头部队已经和刘戡打起来了，那仗打得呀，炮弹把瓦子街方圆几里的地皮都给翻了一遍，全是红赤赤的焦土。瓦子街前面的那条河里，泡着数不清的尸首，河水都成了红色……

"有一天，我们正埋伏在战壕里，忽然一颗炮弹从天而降，我急忙往旁边一滚，'轰'的一声就给炸晕了过去，清醒后，看看旁边一个深坑，战友不见了。抬头一看，树梢上挂满了许多布条条……"

瓦子街战役之后的老钟听力严重受损，成了个半聋子，更要命的是在他晕过去的时候，冲锋号吹响了……

他掉了队。

关于这一点，老钟没给我们讲过，大人们的闲谈加上我的想象，应该是这样的：当他醒过来的时候，战场上一片狼藉。也许因为对战争的深深恐惧，也许因为难以面对欢呼胜利的战友，几番盘算之后，掉了队的老钟决定回家。于是，他潜入了瓦子街的原始森林里，半路上，又打死了一个准备逃走的国民党的伤兵，并从他身上搜寻到16块银圆。然后，昼伏夜出，一路向北。

三天三夜后，瓦子街战役终于结束了，布满硝烟的天空终于渐渐晴朗，数万年轻的生命永远地停留在了这里，化为郁郁苍苍的山林。

而老钟回到了家乡，从一个士兵又还原为庄稼人。16块银圆帮助他娶了媳妇，从此，一辈子甘心情愿地被拴在土地上。

方圆几十里像他这样掉队回来的人不少，没有人轻视他们。谁说打过仗就是英雄呢？打过仗还是普通人的永远是多数啊！只是人们为他叹息：吃不了当兵这碗饭，好好的人成了个聋子。

脱下了军装，老钟就和村里其他人没什么两样了，白天务养地里的庄稼，晚上搂着壮实的老婆。闲来无事唱唱"酸曲"，里面的内容酸掉牙，什么"妹妹你长着两根好头发，头发长到肩膀上"，"你看下个我来，我看下个你"，"把你的白脸脸掉过来"，为这，他常常挨女人们的笑骂。

再精彩的故事都应该有落幕的时候，可老钟不懂这个。有一次，他又开始讲故事，有个人实在不耐烦，便打断他："人家当兵回来，公家还养活呢！咋不见公家给你一毛钱？"老钟立刻哑了。

我也好奇地问过家里的大人，大人们淡淡地说刚开始他也找过公家，没顶事。人家说他是逃兵。又说，世上受屈的一层哩，老钟的事算个啥……

后来听说，直到他死去的前几天，他说他还想到瓦子街转转，儿子没有答应，说路太远……

5月的阳光下，我站在瓦子街高高的山岗，头顶的太阳照彻大地，瓦子街上的战争纪念碑灼灼耀眼。那场让老钟魂牵梦萦的战争再也看不到一丝一毫的痕迹了，一切荣光与悲伤都被时光掩藏于历史的深处……

天上吹来的微风拂过山林，一片呼啸，仿佛战场上的呐喊。翁翁郁郁的次生林中，冈木的枝叶青翠逼人，大叶杨的叶子在风里翻出银白色的背面，像海洋中粼粼波光，而蓬头柳总是那么旺相，一蓬一蓬，密匝匝，厚墩墩。如果没有纪念碑的存在，谁也无法将战争与这样一个宁静的小镇联系起来。

关于"瓦子街战役"历史是这样记载的：

1948年1月，西北野战军在米脂杨家沟召开会议，决定采取"围城打援"战术，首战宜川，大量歼灭国民党部队有生力量。随即，彭德怀挥师南下，直扑黄龙山区，迅速包围宜川。敌师告急求援，胡宗南命国民党整编第二十九军军长刘戡增援。刘戡率所部第二十七师、第九十师由黄陵、洛川出发增援宜川。彭德怀在瓦子街以东宜洛公路两侧，集中了野战军9个旅设下埋伏圈。2月28日战斗打响到3月1日下午5时战斗胜利结束，共俘敌18000人，歼灭5000余人，敌中将军长刘戡自戕。首创了我军一战全歼一个整编军的辉煌战绩。

在这个宏大的事件中，老钟只是一个微不足道的参与者，没有在史书上留下任何痕迹，可是，只要亲历战争，人的心灵就永远难以平静。

我想，如果人有灵魂，老钟死后一定会来到这里，和他死去的战友们做伴。因此，我把脚步尽量放轻，轻轻、轻轻地，生怕一不小心踩疼亡灵的心脏。

老景的田园

我到老景家的时候，他正在院子里拣苹果。

偌大的院子里，铺满了正午的阳光，虽然是夏天却并不太热，暖融融的让人无比放心和舒坦。

堆在院子里的苹果足有半个炕大，在太阳下艳晶晶地闪光，散发出一股新鲜的清香。每年夏苹果收了，他都要把苹果按成色

分成几堆，然后拿到城里去卖。老景说他的苹果好卖着呢，虽说长的不那么俊样，但味道好，几个老熟人年年找他买。说着便得意地笑，像个孩子。

院里那只看家狗懒洋洋地趴在葡萄架下吐着舌头，见我来了也不再是平时那翻脸不认人的模样。以前我每次来老景家，它都会蹿上墙头向我龇牙咧嘴狂吠一通，吓得我不敢进门。

东边角上的羊圈里空荡荡的，栅栏门满不在乎地大敞着，几十只山羊一大早就出去了，到了傍晚，它们吃饱了青草喝足了山泉水，才背驮夕阳回家，顿时羊圈里就像赶集似的热闹。

倒是大黑牛还在家，一如平时那么沉默稳重，两只温和的大眼睛瞧着我，充满了善意。老邻居鸡婆们耐不住寂寞，晃动着肥硕的屁股，踱着方步到老牛那里散散步，叽叽呱呱地说道一番，可大黑牛不理睬它们，连"哞"一下也不肯，它是有个性的。鸡婆们老大没趣，嘀咕几声也就凑在葡萄架下歇凉去了。

老景很爱牲灵们，他熟悉它们的脾气秉性，所以他养什么都能养得特别好。同样是羊，他的羊就比别人的产毛多。同样是鸡，他的鸡就比别人的下蛋多。就是种庄稼，他的庄稼也比别人的旺相。如果你站在高处眺望村子外面的庄稼，你会发现同样的庄稼颜色有深有浅，有的墨绿，有的黄绿。不用说，墨绿滴翠的肯定是老景侍弄的。他种的玉米比别人的粗壮、他种的向日葵比别人的饱满。

陕北人管农民叫"受苦人"，受苦人老景在方圆几十里都有名。

如今的老景已经五十有八，一张黑脸上刻满深深的皱纹，两只手粗糙有力，指关节因为常年劳作而变形，再也伸不直。丝毫看不出他曾经是皖北一个大商人的儿子。

老景曾和我说起过他的身世，当他还在母亲怀抱里，那个华丽而庞大的家族已经像个破房子似的散了架。1949年解放前夕，大家各自奔前程，有的去了美国，有的去了台湾。母亲和他像一件破棉袄似的被丢弃在家乡。

就这样，一天也没有享受过那个家族的荣华却背着带给他们的屈辱，母亲和他蹑手蹑脚、屏声敛气地生活在众人的白眼之下。

一场旷世的大饥荒使皖北饿殍满地，逃荒的人流像洪水决口，母亲带着儿子跟随人流盲目地走。10岁少年幼嫩的脚板硬是一步一步从皖北走到陕北。

本地人对外来者是很敌视的，敌视里还带着一丝藐视。一个人也许会因为处境悲惨获得别人的同情，但是不可能赢得尊重。

老景和母亲就在废弃了的一口破窑洞里安下了家。整整一个冬天，他们靠在人家收过的菜地里挖菜根、拾菜叶过活。有时实在饿得不行就拉根棍子到外村讨要。

岁月的流转中，小山村默许了他们的存在，终于接纳了他们。35岁的时候，老景结婚了，媳妇成分高，是破产地主的女儿，从山东逃荒来的。两家也算门当户对。

不知为什么，婚后媳妇的脸上从来没有笑意，那时老景的母亲还在，从不敢支使她干活。媳妇就那么闲着，有时坐在村头河边，一坐一下午，呆呆地看河水哗哗哗地从脚下流过。有时长长叹口气，好像有无限心事似的。

有一天，媳妇忽然不见了，有人说是跟着一个唱戏的跑了。

本来就不怎么爱说的老景更加沉默了，村里人很同情这个厚道勤劳的后生——一个男人家带个孩子怎么过嘛！热心肠的婶娘们要给他张罗一个，他摇一摇头，给人家一个后脊梁。

一年一年的，老景就这么过着属于自己的光景。天天和土地打交道，土地成了他的媳妇，他知道土地是不会骗他的，他付出多少，土地就忠实地回报他多少。他不哄地，地也从不哄他。他和土地心贴着心，踏踏实实、有滋有味地生活在一起。有时干活累了，就坐在地头抽袋烟，和地里的庄稼们唠叨两句，比如，为什么村子里的人都要抢着往城里挤？受城里人的下看有什么意

思？自己的儿子更是奇怪：去年大学毕业，找不下工作，当爹的劝儿子不如回家务农，说你看咱家的光景比谁不如？跑到城里扫垃圾蹬三轮有什么意思？儿子脖子一拧说，我才不呢，我宁愿到城里喝凉水也不回来种地！

老景把他的心事说给庄稼们，问它们该咋办？把见识短浅的庄稼们给问住了，玉米唰啦啦直响，仿佛支支吾吾；大个子高粱红头涨脸，只是一个劲儿地点头；小个子谷子也赶紧跟着点头；地畔畔上的老南瓜呆头呆脑、毫无主张；坡上的老梨树会打圆场，"扑通扑通"掉下来几枚多汁的香梨，要老景润润喉咙再说。

他坦坦然然地消受着土地赠给他回报，玉米熟了煮玉米，南瓜熟了蒸南瓜，洋芋熟了烤洋芋，吃什么都是香香甜甜、放放心心。

我是在一次采访活动中和老景认识的，别看他不怎么识字，说起话来是茄子一行、辣子一行，有条有理、丝毫不乱。有时我想，如果他当初跟随家族也去了海外，说不定会成为一个很有成就的人，可回头一想，谁知道呢？怎样过自己的日子才算没有白活，大概还得老景自己说了算吧。

卖瓜子的女人

我不知道她是从什么时候开始来我们小院卖瓜子的，沙哑的嗓子"卖瓜子咧，卖瓜子咧"毫无顾忌地叫卖。夏日午休，正睡得香，她来了，挑着担子，边走边叫卖比树上的知了还聒，烦得人要命。

这女小贩40多岁，额头眼角尽是皱纹，眼睛大得出奇，说不上丑俊。没买卖的时候便大大咧咧一屁股坐在担子上，两腿叉得很开。

她很会做买卖，总是想办法一分一分地把主顾攥在手里的钱抠出来。男人来买瓜子，她会笑眯眯地说："哎哟，你们公家人有的是钱，不在乎那一两毛钱是不是？"边说边笑嘻嘻地从筐里抓一把瓜子给添上，然后又顺手拨下去几颗。男人都是经不住夸奖的，几句好话，身为男子汉大丈夫谁还好意思为一两毛钱磨牙呢。

久了，看出点门道，这个女人和别的小贩不同，比如，别人都是用秤盘狠狠挖起一大盘，称的时候，多余出来的一小把一小把给扒拉回筐里。她相反，总是浅浅挖起一盏，然后一小把一小把给添上。也许心理作用，人们总觉得她这儿似乎量更足些，再加上她的瓜子粒大籽实，味道好，尽管有时很讨厌她锱铢必较，可时间长了她若不来，好吃零嘴的女人们就会问一声，那个卖瓜子的咋还不来？

后来慢慢熟了，知道她住在一个叫刘谷园的村子，离这儿很远，往返得15里地。天不亮她就得挑着瓜子下山，见了星星才能回去。还听人说她的男人懒得出奇，油瓶跌倒都不扶，整天坐在墙角底下晒太阳。在我们这儿农村，丈夫被称作是"掌柜的"、"当家的"，是一个家里的顶梁柱。有句民歌：好马配好鞍，好女人凭的是男子汉。这女人摊上这么个男人，也算命不好。家里的两个孩子又都在上学，一个念中专，一个念中学，学费就指靠这一颗颗瓜子了。

有时看着她跟人讨价还价，不住地说好话却一分钱也不让，那些皱皱巴巴的毛票儿被她那皲裂的手一张张抚平、整好，觉得她如同那路边乱石瓦砾中挤出来的野草一样，以最卑弱的生存方式表达着最倔强的生命意志。

有一日，好好的晴天突然翻卷起乌云，大雨如注，粗大的雨脚像鞭子一样抽打得树叶瑟瑟发抖，雨中那个女人身披一块旧化纤袋子，猛雨浇背，单薄的身体像树叶一样颤抖，我拿了一把伞

出去送给她，让她好趁早赶路。我的孩子看见了，天真的脸上挂着忧愁："妈妈，那个阿姨真可怜。"

"不，她不可怜。"

"她连伞都买不起。"

我想说好多话，可不知怎么说，我不知道如何让我年幼的孩子明白，这个买不起雨伞却供养两个孩子念书的女人不可怜。

有财两口子

有财，叫了个有财其实没有财，家里恓惶得很，光席片上睡觉，青石板上做饭。可能是缺啥想啥吧，扛锄头的爹就给他起了这个名字。媳妇叫小丽，但也不美丽，肥白的脸，跟起面盆子似的，不笑不说话，一笑就像谁在床上坐了一屁股似的，满是纹纹。据说小丽在娘家时还是很出众的，有一年村里一家盖房子，起梁那天，小丽去看热闹，起梁的汉子贪看她，一不留神从墙上栽下来。

他们是我的远房亲戚，隔个十天半月的，小丽就提着小半袋红薯绿豆什么的来走亲戚。她很勤快，一进门，水也顾不得喝一口，挽袖洗手，洗菜淘米，一刻也不歇，我的厨房稔熟得就像她的厨房，不大工夫端出来香喷喷的鸡蛋烙饼，真不知她是怎么"变"出来的。

前年油田要招一批临时工看油井，在亲戚的帮助下有财弄了个名额进去了，不久大字不识一个、口齿木讷的有财便穿着工服，俨然成了石油工人，专看苏家沟等六个村的油井。他买了一辆摩托，一天到晚骑着满世界跑。手里有了权力，自然就有人请喝酒，村里人见了他都是一副好脸色，尤其是女人们眉开眼笑地凑上来逗趣。一天我在路上走，只见一个人骑着摩托风驰电掣地到了我跟前，一个急刹车"嘎"一声停下，吓人一跳，随即熟练地跳下摩托脱下头盔，原来是有财。吃胖了也变白了的有财，全不见了以前缩手缩脚的模样儿。小丽也变"洋"了，眉毛画得眼镜腿似的那么长，脸搽得雪白，像墙。

现在有财一个月 800 块钱，一脸的满足。还说明年要翻新家里的土窑洞，还要添台彩电。看到他们家的光景有起色，我也打心眼里感到高兴。先前，他们真穷得吓人，一进门石桌石灶，连存粮的也是石囤。简直是"石器时代"，小丽已常说起婆家那个穷，结婚头天的新被褥第二天不见了，炕上只剩下光席子，一问才知道都是借的。

人往往是过得了穷日子却过不了富日子，先前穷的时候有财两口子还是恩恩爱爱的，后来有财手里有了钱，身边就多了女人，一村一个，有些还跟小丽沾点亲，已有了两个孩子的小丽哭是哭闹是闹就是没提离婚，有财就越发大胆，仨月五月不回家，手里的钱也漫撒，走到哪个村，都是吃处有吃处，住处有住处。那些女人的掌柜们大都一到春上就背着铺盖卷儿到城里打零工去了，直到腊月收工才回来。就是知道的也装作不知道，图的是到油井里多挖几勺油好烧火做饭。

去年夏天，有财不知道打哪里喝醉了，骑摩托骑到水沟里，人躺进了医院。我们去看望的时候，才几天工夫，消瘦得皮包骨头。左腿上打着石膏，动弹不得，半张脸僵着，肿头老高。小丽坐在旁边照看，眼睛红肿着，说摩托砸了个稀烂，这份工作也丢了。

这会看着他俩倒有了几分相依为命的感觉。半年以后，有财一瘸一拐地下地走动，那些相好的遇上了半尴尬半讨巧地说："哎呀，听说你住院了，老早想着来看你，忙得顾不上，你咋好得这么快。"

有财丢了工作，又变成了农民，可是下不了地了，于是两口

子想着到城里卖馍馍。小丽勤快麻利蒸得白生生暄腾腾的馍馍，别看这活儿简单，实际是个力气活儿，每天早上 3 点钟起床开始揉面，一天蒸个三四袋面，到了晚上胳膊痛得动不了。这行当竞争也很激烈，你一块钱 4 个，我就卖 5 个。临了，有财想出个绝招：赊账。刚开始生意着实红火，有一阵子，两口子忙得连上厕所的时间也没有，都是小跑着去。

可谁想到有些主顾，见赊账多了，干脆就不露面儿了，到别处买馍了。本来就是小本生意，这"贴面厨子"怎么能长久？一年下来，就关门了，两口子只好卷起铺盖又回到村里。

几经折腾，小丽也见老不少，肥白的脸有些萎黄，额头上皱纹也出来了，人倒还是那么勤快、开朗。她跟我说想出来当保姆或者卖凉粉什么的都行，她就不相信她的光景翻不了身。

二　害

二害生得丑，也许他年过 30 还寻不下婆姨，该从这里找原因。他的丑不是那种不到位的丑，比方眼小鼻塌，而是那种恶作剧的丑，五官不在各自的位置上，一笑起来，七零八落地跑了位置，两只眼睛根本就寻不见了，而脸上的皱纹又密又深，好像九月里的金丝菊花瓣子，一片一片飘落下来，满地都是。用他外婆也就是我老姨的话说："丑得疼起。"

可二害是个好庄稼人，地里的活儿不管是扶犁耕田还是割麦种谷，样样拿得起放得下，搁在过去那会儿准能名扬十里八乡，但是如今庄稼人也看不起种地了，能跑出去的都跑出去了，在城市的边缘哪怕蹬三轮捡破烂，也坚决不回去扶犁耙。

他爸常常在吃饭的时候数落他，筷子将石桌敲得笃笃笃地响，不住骂他没本事，死窝囊。二害低着头，一句不吭，狠命扒饭，太阳穴上的青筋随着咀嚼一鼓一鼓的。难怪他爸着急，儿子说不下婆姨，搁到谁家都是闹心事。孙家湾是水地，山里的女子都趁这里川宽地平，后生们寻婆姨都是有挑有捡的，但是不知咋弄的，事情到了二害这儿就不灵验了。

去年终于说下一个女子，家在凉水崖，人长得薄眉单眼，身材倒是很端正。一家人心急火燎赶着要娶过来，生怕人家变卦，他妈甚至做好了小娃娃的小被褥。

越穷的地方，彩礼就要的越高，女家张口要两万，这可难坏了他爸，四方亲戚到处借遍，囤子里的陈年旧粮能卖的都卖了，两头猪不等出栏就杀了卖钱，才勉勉强强凑够了彩礼。

娶媳妇那天，二害的脸上盛开了一朵金丝菊，新衣新裤咋看都像借来的，胸前戴一朵缎子被面扎成的大红花，憋不住的笑荡漾在脸上每一条皱纹里。

谁知道怕处有鬼，迎亲的人上了门那家人却又提出来一条：要个钢磨。

二害的脸上顿时结了冰，还是迎亲的四叔灵动，先哼哼哈哈地答应了，新媳妇这才勉勉强强上了驴，盘算了一路大概怕反悔，又要二害给个硬话。二害的脸搐成了一颗干枣，实在摆不展这个舌头。新媳妇到了婆家门口不下驴，两旁的吹鼓手腮帮子鼓成了皮球，挣命地吹，嘹亮的唢呐声充满了整个孙家湾的沟沟岔岔。

二害害了气，顾不得人多掉转驴头，一鞭子抽下去，驴没命地跑，尘土飞扬。他妈不顾众人在场大骂二害：头都磕了还短作个揖不成？

二害还是娶了这个媳妇，当然钢磨死活没给，两亲家都觉得无趣因此不大走动。

去年夏天，一天正下着大雨，二害推开我家的门，身上湿淋淋的，怀里抱一只西瓜。我怪他乱花钱，他只是嘿嘿笑着并不

说话。我知道其实农村人更讲究礼数，上亲戚家哪怕几斤小米半袋红薯，绝不空手。来了客，不管人家吃饭没有，必要烧火做饭。

说话间我才知道二害也在城里找了个活儿，在建筑工地当粉刷工。问起他家的情况，说是地都撂荒了，现在没人种地。村子里年轻人都跑出去打工。我没问他俩过得好不好。我知道在农村才能真正领教到钱对人所形成的绝对统治，没钱什么都不会太好，包括夫妻生活。

快过年时，二害又来找我，从挎包里掏出一只粗瓷碗，工地上工人吃饭的那种。我觉得挺奇怪，他说，他要回家了，这里辛辛苦苦干了大半年挣下钱也要不回来。工头躲了，工人们寻不上要钱处，一问才知道，这工程是层层转包不知倒了几个人的手。眼看临年腊月，有的连回家的盘缠也凑不齐，恼怒之下众人砸了工棚，二害也就顺手摸了只碗，又盘算上路怕打烂，就拿来给我。

我把这只瓷碗搁在阳台上，里面栽了几瓣蒜，冬天，蒜苗翠生生地绿，有时看见这碗会想起二害，不知他们光景日月过成咋样了。

陕北人的年

我奶奶常常唠叨的一句话："年好过，月难过。"意思是腊月三十的月尽黑里睡一觉就到了正月初一，而光景日月难熬。陕北人的生活苦焦，一年从东到西背日头，黄土里面刨吃食，只有在过年的时候，才好活几天。

过年是陕北人一年中最隆重的事。秋天，梨树的叶子刚刚落下，陕北婆姨们就拿了炕笤帚扫上一簸箕梨叶，回家细细捡，这些齐齐整整的梨叶是到了临年时候蒸黏豆包用，每一个豆包下都粘一片梨叶，散发着梨子的甜香，自家吃、送人都是好的。

"喝了腊八粥，就把年来过"。首先忙乎的是男人们，男人是搂钱的耙子，女人是攒钱的匣子。出门办年货都是男人的事，一进腊月，男人们几乎是集集必赶，家里的吃穿要一宗一宗备齐。

老人要香、要黄表纸，男人们办的年货里头千万不敢忘了这一宗，陕北人敬老，家里再穷，娃娃吃不上要先让老人吃。要是谁家不孝敬老人，叫老人受饥寒，全村子的人都会下看他们。将来儿子找媳妇，女子寻婆家都是要遭人嫌弹的。

买了香纸，老人们要给埋在老坟里的先人办年货，阳世上的人过年，也要让地下的先人们过年。老人们腿脚发硬走不了远路，不得到老坟地里就到硷畔上或者荒地画一个圈儿，摆上献天，倒一圈儿烧酒、烧纸钱、磕头，嘴里念念有词，求先人们保佑家里娃娃大小平平安安、顺顺利利。临了回家路上还不忘给路边撒上些纸钱，叫那没人祭拜的孤魂野鬼也有些个钱过年。

婆姨要针线花布和红纸麻纸，哪一样也不敢少下，针线花布要给娃娃们缝件新布衫，再穷总不能赤尻子过年。要是谁家的娃娃没件见人布衫，老婆婆们就会议论那家媳妇手爪子懒，拿不动针捻不了线，"口勤屁股懒，好吃懒做怕动弹"。

陕北人住的是窑洞，窗子是用麻纸糊的，酸曲里唱的"听见哥哥的脚步响，一舌头舔破两层窗"。过年了，家家户户要扫窑，窗子要用新麻纸糊一下，那些巧手婆姨们自然要装扮那白格生生的窗纸，一把剪子、一张红纸，三下两下变成了蝴蝶、兔子、牡丹花，男人们这样夸："三妹子巧来实在是巧，石榴牡丹冒铰的。"

秃脑小子们看见家里大人赶集回来了，欢天喜地扑上去，小手手探进挎包可劲儿翻，要是翻遍挎包不见他的花炮，会失望得跺着脚号鼻子。大人听得烦了吼一声，娃娃就缩到下炕，委屈的

眼蛋蛋挂在长长的眼睫毛上，忽闪忽闪地看得当娘的心疼，末了少不了抱在怀里乖哄半天。当然，谁也有个闪失处，粗心的男人总有疏漏，不是忘了这个就是忘了那个，往往辛辛苦苦一天回来还是不能办全年货，没关系，下一次集上再去。

男人们把年货办回来，下面就看女人们的手段了，拴缝了家里娃娃大小的穿戴，女人们扫了窑、拆洗了被褥就开始磨豆腐、生豆芽、炸油糕、炸油馍、蒸豆包、蒸白馍、做浑酒、做酥鸡、烧肉、煮肉、过油肉，家里盆里、缸里堆满了过年的好吃喝。出门碰上人，问的话也变了："你们的年茶饭做下了吗？""做下了"，或者"还没哩，油糕还没炸哩"。

做好年茶饭，你家打发娃娃端来一块豆腐，我家端去一碗油糕。村里家家户户都要送到，总有个远近亲疏，往往是关系远一点的先尽到，碗碗盆盆堆得尖尖的，关系好的倒很随意的。婆姨们又开始评论谁家的豆腐坚，谁家的油糕黄，谁家浑酒不酸不甜刚刚好。巧手婆姨在村子是很受抬举的，将来谁家有个红事、白事都要请她帮忙。那个男人就很自豪了，家里娃娃大小拴拴正正，走到人前里，脸上也是光堂的。

眼看着年一天天临近，家里门外全裨益了，剩下的最后一件事情就是贴对子，红格艳艳的纸上请人写好了对子，门上、窗上少不了，磨盘上也要写"青龙白虎"、牲灵圈里要写"牛羊满圈"，大门外要写"出入平安"，窑掌里要写"抬头见喜"，先款款放好。贴对子不能提前，要等到月尽那天吃了晚饭才能贴，只要一贴上对子，窑里院外立刻喜气洋洋。

剩下的日子就是庄稼人最悠闲的时光了，老人们靠在阳崖根说古朝，男人们闲不住，就到别处串，几个人凑在一起押明宝、诈金花输输赢赢没关系，女人们也不会哭骂，顶多嘟囔两句，焦苦了一年就让男人们松活松活呀。

追梦人

　　我相信那是一群追梦人，尽管衣衫褴褛，面容憔悴，长途跋涉在荒原沼泽，但眼睛是亮晶晶的，闪烁着梦的光泽。

　　智慧是经线，理想是纬线。80多年前中国的普罗米修斯们将智慧的火种从天国盗取，从此这枚火种便在衰老疲惫的中国大地播撒、传承、燃烧。在风雨如晦的长夜照亮了一双双迷惘的眼界。

　　我的目光在地图上的江西省久久徘徊，这山清水秀之地，1934年，一路大军从这里出发，踏上漫漫征途追寻那个彩虹似的梦。一路风雨，一路硝烟，一路枪林弹雨，8万大军历经25000里的逶迤辗转终于在第二年到达陕北。而当这路人马踏进一个叫吴起的地方时，中国的历史已悄然翻开了新的一页。

　　肤施，北中国的边城，宋代沈括曾在此发现了石油并预言将大行于天下。同时代的范仲淹驻军戍守，对着亘古如斯的长风莽原发出了"塞下秋来风景异，衡阳雁去无留意"的低叹。后来改称延安的肤施城，在20世纪30年代，地瘠民贫，一道窄窄的黄泥小街，零散着几家饭馆，碗是用木头刻出来的，折两根树枝便是筷子了。一到傍晚，家家户户早早关门闭户，冷冷清清，真个是"千嶂里，长烟落日孤城闭"。

　　我的脑海中无端闪现着这样一幅画面：一个英俊的高个子湖南人，率领一支并不威武的队伍走着，街边的老乡叼着旱烟袋，有些好奇地看着他们。那一刻没有人意识到一枚新鲜的种子将要在这雄浑苍凉的高原落土扎根并发芽滋长。

　　这是一片培育梦想的厚土，一代天骄赫连勃勃的统万城至今

雄视大漠，明闯王李自成所演绎的那段悲壮历史至今为本地人引以为傲。而在二十世纪初，她又见证了一群人用激情编织的梦想。

今天的现代人，物欲填满了心灵的缝隙，生活乏味成黑白底片，再也不会做梦，更不会明白梦对于一个人意味着什么。

刘国桢，出生于四川泸州豪族，40年代中期毕业于复旦大学，本来他有锦绣前程，但"不幸"加入了这个信仰的群落，被捕入狱后，他的亲人出钱保他出狱，并为他准备好去美国继续深造，只要他声明脱离共产党便可重获自由，他拒绝了。他说，我死了，只要千千万万的中国人不再过苦难的日子，也就等于我没死。他的兄长怎么也不能理解弟弟，后来在弟弟的祭日他总是到坟前，喃喃自语为什么，为什么，荒坟断茎，无人能答。

我把故事讲给我的学生听，幸福中长大的他们也忍不住落泪了。没有经历过苦难，不知道什么叫幸福；没有下过地狱，不知道什么叫天堂。当我们终于明白了幸福的首要定义便是生活在和平年代，而这和平又是多少人付出生命的代价换来的，今天谁又能说，我们所享受的一切就是天经地义的呢？正像无法否认我们的血管里流动着的鲜血继承了祖先的遗传密码，同样无法否认我们的生命也不仅仅属于我们每个个体，某种意义上我们也是代表那些在寻梦途中死去的人在生活。因为我们的今天正是他们曾经的梦。

我曾看到过一面用被面绣制的红旗，这是几个牢狱中的女性用被竹签钉伤的手绣制而成。我难以揣想她们在备受折磨面对死神之时以怎样一颗从容的心，美丽的想象绣成的五星红旗与飘扬在天安门上空的那面如此相似。时光也许会让红旗上的霞彩褪色，但无法让梦想褪色，有梦在她们就在。对手尽管可以从肉体上消灭她们，但无法从精神上消灭她们，也永远无法战胜她们。

《出埃及记》里的摩西领着一群不甘做奴隶的人逃亡，几经生死；夸父为留住光明渴死中途身化邓林；追梦者的传说仿佛都在暗示因为梦太美，所以路太远。梦有多美，路就有多险。

对于历史的长河而言，任何人的名字都是写在水上，可是他们的功勋将如高山大海般永存。

追梦者的先驱卡尔·马克思曾这样预言："如果我们能够选择为了人类谋福利而劳动的职业，我们就不会被重负所压倒，因为我们要为全人类做出牺牲。到那时我们所感到的就不是一些可怜的自私的欢乐。我们的幸福是属于千万人的，我们的工作并不显赫但它将永远存在，高尚的人面对我们的骨灰将会洒下热泪。"

是的，为了人类共有的自由平等之梦，追梦者的事业将永世传承，永世存在。

所谓恩爱

我每天上下班差不多天天能看到一对老夫妻，他们看上去是那么恩爱：丈夫左手提着小板凳，右手搀着妻子。妻子双目失明，两人边慢慢地走着边絮絮叨叨说着家常话。走累了丈夫就扶妻子坐下歇歇。后来了解到，丈夫是我们油田上的退休职工，照顾失明的妻子已经十来年了……

这是个好题材，我和同事商量着以这个故事为蓝本制作一个片子。办公室里我们聊啊聊的，拟定好了片名，就叫"牵手"吧，片中配乐当然用苏芮的那首著名的同名歌《牵手》，一种意味深长的感觉，镜头的切换选用淡入淡出，这样才显得从容，诗意。

我们甚至设定好了几个特写镜头：妻子感动的脸庞，两行泪水从眼角缓缓流下；丈夫为妻子洗脚或者穿衣服什么的；两双紧紧握在一起的手……

我想象着片子播出的效果，一定有很多人为他们的爱情掉眼泪的。

策划好以后，约了时间，我们去采访。和任何普通的家庭没什么两样，略显凌乱的客厅，墙上是一长溜奖状，陈旧却喜兴的感觉。客气了一阵子后，我们说明了意图。我一边询问了老婆婆几个问题一边把录音笔轻轻推上了键，等着她给我们讲那个想象中充满了感动与情义的故事。

不料，老婆婆双手一拍，大声说："我这眼睛还不是怪他！那时他当民办教师，钱挣不下，人又忙，硬把小病拖成了大病。"老伯伯跟她争："怎么是我耽搁的？我吃人家的饭就要服人管呀。"两人你来我往，几十年的陈谷子烂芝麻统统倒了出来，跟我们想象的那个故事毫无关系。

我和同事大眼瞪小眼，怎么会是这样？臆想的故事和预先设定好的镜头统统化成肥皂泡……

等老两口吵完了，也没劲儿了。我们的采访只得草草收场。

后来，我在上下班路上还是经常看到他们，和以前一样，两人牵着手慢慢地走。我感到迷惑：他们怎么不是我想象的那种恩爱夫妻呢？

一年以后，在西湖边一个老人的话使我终于明白了。

西湖是产生了《梁祝》和《白蛇传》的地方，令人荡气回肠的故事里凝聚了人们对爱情的一厢情愿的假定：完美，纯粹。但是现实生活中的爱情到了喜结良缘之后，那两个天使就渐渐由云端降到了尘世，天使也变成了凡俗的饮食男女。

在断桥上，一个年轻的妈妈给孩子讲《白蛇传》。身旁有个小伙子开玩笑说："唉，夫妻时间长了就没感觉了，好像左手摸右手。"我们都笑了，那种深有同感的笑。"可是，"一个老人接口，"一旦对方的手受伤了，另一个就像自己的手受了伤一样的痛。"

我知道小伙子所说的话好像是手机上的一个"段子"，但是，只有在这里，在西湖边，经过了老人的诠释才能真正明白它的另一层含义。不禁对之前假想的所谓恩爱夫妻的模式感到好笑。是的，夫妻相处的方式犹如大地上的植物，充满了多样性。有的满怀感恩牢记对方为自己所做的一切；有的则把自己与对方视为左右手，虽然握在一起没感觉，但是，你的痛我能感觉到。

我们身边的空缺

我感到那又大又沉装满水泥的铁斗子当头朝我砸下来，脑袋立刻破了，汁液四溅，意念一瞬间四下里飞散……

我的同事们正在谈论前一天刚刚在炼油厂发生的那起事故，其中一个转述目击者的话，描述相当精细，人被砸地而死时的惨相，仿佛历历在目。

那天，他正在工地低头测量什么，虽然是炎炎暑天，还是戴着安全帽。汗一滴一滴渗出来，在脖颈后面汇成一条晶亮的小河，悄悄地蜿蜒流下，旁边的高炉上工人们正在施工，一切平静从容。

突然，置于高处的铁斗子翻扣下来，挟着风声，劈头砸下，那人当场死亡，鲜血像汗水一样蜿蜒成无数细流在水泥地上四下里爬行。

他们在闲谈，一遍遍绘声绘色地复述，一次比一次"精彩"，一阵凉意从背后袭来，我感到被砸死的是我自己，痛和惊悸从骨头缝里渗出来。

其实我和他根本不认识，关于他的死亡，也不过是这几天内被人谈论的话题罢了，就像微风拂过水面，荡漾起几圈涟漪后，不久又归于平静。

可是，我觉得他的确与我有关，虽然彼此并不认识，但是毕竟都在这家炼油厂工作，下了班又都住在一个小区。也许在我买菜的时候，他在跟卖菜的小贩讨价还价。我逛街的时候他会和我擦肩而过。现在他死了，少了一个与我一样下了班骑着自行车赶着回家的人；少了一个下班回家吃了晚饭后，陪着妻子和孩子散步的人；少了一个和我们共同构成这个世界的人。

因为他的死，许多事情就发生了变化，那个本该属于他的岗位又会有别人代替，从而另外一个人的命运轨迹也发生了变化。

生命真的譬如朝露吗？真的充满了不可预知的际遇吗？

10年前，那个邻居女孩还活着，她很美，牙齿洁白，闪着清洁无比的光泽，眼睛黑得那么认真，即使笑起来也显得安安静静。她的妈妈是我的同事，有时候和我聊天，说着说着就说到女儿身上，母亲的心事就像夏天的落叶一般，总也落不完。刚刚妙龄的女儿，母亲已经开始操心她的婚事了，好几次叮嘱我给物色一个合适的小伙子。

一天一辆载重汽车撞向一面墙，墙倒下来压塌了旁边的房子，那个女孩正在房子里工作……

5年前，我的一个朋友头一天还和我们在一起喝啤酒，说自己能一气喝10瓶啤酒。我便和他赌，结果他实在招架不住，装着上厕所溜了，我们都笑话他吹牛。不想，第二天突然出车祸了，在医院里，病床上的他身上各处插满了管子。他的妻子正用药棉蘸了水给他润唇，他的舌头贪婪地追逐着棉签，看得让人心酸。几天以后他死了……

我总觉得这所有的痛苦都与我有关，他们的死亡就是我的死亡。生命猝不及防地逝去，我们的手却那么无力，无法强悍地握住他们的手，挽留他们。我们身边将永远留着一个空缺，像换牙的孩子，那个该长牙的位置空荡荡的，让人不安。在我们下班后如潮的人流中，本应该有那个不认识的人，现在留下一个空缺，空空洞洞像茫然的眼。那个注定和邻居女儿相爱的小伙子只好错爱一人寂寞一生。我和我的朋友们还会坐在一起喝啤酒谈天，现在没有了他，必将有一张椅子空着，即使有人坐在那里，但谁也无法替代他的音容笑貌。

空缺不时地提醒我们生命本质上的悲剧，那些引人注目的、不引人注目的空缺是每个人的一生无法躲过的遗憾，随着我们身边空缺的增多，我知道终有一天我也将成为别人身边的空缺。

瞬　间

除非你亲眼看见，否则你不会明白生命要多脆弱有多脆弱。

出事那天清晨，小刘吃完最后一块馍馍喝完大碗里剩下的开水，把大碗和用一根线绳拴在一起的筷子缠了缠挂在窗棂上。那些大海碗像一只只喇叭花，一溜儿高高低低地挂满了窗棂。

小刘他们是进城打工的农民，在自然灾害频繁的陕北，农民们农忙时在家种地，农闲时便背一个单薄的行李卷儿外出打工挣些钱养家糊口。

小刘他们给油田修整一座旧楼，我上下班必须路过他们的工棚，时间久了彼此眼熟，见了面笑一笑算是打了招呼。有时下班稍微迟一点儿，正碰上他们收了工各自端个海碗或蹲或坐在路边吃饭，也有人招呼一句"吃饭"，我只是笑着摇一摇头。其实我很想和他们搭茬，了解他们的生活。可是这些揽工汉好像挺腼腆，迎面碰到了，多半是憨憨一笑，脸上的深皱纹开花一般。

小刘生得不打眼，小个子，黑脸膛，嘴唇厚厚的，身上穿着一件大概是别人淘换下来的褐色夹克衫，怎么看怎么别扭。他是个普工，靠抱砖和干杂活挣几个血汗钱。不知为什么我经常注意

到这个土里土气的小伙子。

　　揽工汉的生活比较单调，为数不多的乐趣之一就是唱"酸曲"。我常常惊讶于这个群落的人们那份随遇而安，乐天知命的内在品性，从没听见谁像城里人那样抱怨、叹气。干活的时候老远就听得见他们唱什么："想你想你实想你，土坷垃看成个枣红马。""一碗碗谷子一碗碗米，面对面坐着还想你。"他们的嗓子粗糙但原汁原味，电视上听到的所谓陕北民歌都是经过艺术处理的，不那么俚俗但也失去了本色。也许有些高雅的城里人觉得粗野，但真实的粗野与虚伪的文明之间，我宁愿选择前者。

　　小刘干活不算好手，嘴巴也不够俏皮，但生得一副好嗓子。干活沉闷了，别人央他唱，他便唱，可是一旦有人打那里路过，声音立刻低下去了，口齿也含混不清了，我知道这不仅是羞怯也有礼貌因素。我曾去过黄河畔上的一个村庄：古渡甸，这个地名相当古雅，让人诗意地联想到古老的渡口、艄公，以及芳草如甸的两岸。就在这个地老天荒，被时间都遗忘了的地方，村民非常讲究礼貌，他们会主动和你打招呼，甚至将你让到窑里，坐在暖暖的炕头上，端来的开水一定是加糖的。如果你问路，热心的村民会一直把你送到目的地。路上碰到孩子们，他们会用星星般的眼睛看着你，冲你傻傻地笑，如果你问他们一句什么，他们会害羞地笑着一哄而散。

　　我有了那次经历，对这样一群来自农村的揽工汉有一种说不清的亲切感。我甚至打算用录音机录下小刘他们的歌。

　　就在那天早晨，小刘站在高高的脚手架上作业。离地面25米高但他并没有系安全带，他一边用泥页抹墙，一边和人拉话。

　　一切平静得和平时一模一样，没有任何预兆，大约10分钟后脚手架突然松脱，小刘像一只褐色大鸟似的以自由落体运动的方式，疾速下落，在惊叫声中人们眼睁睁地看他坠落于地，所有的人吓呆了，世界吓呆了。仅仅两秒钟，小刘连哼都没哼一声便咽了气，身子下面一摊殷红的血浸在冰冷坚硬的水泥地面。

真的，除非你亲眼看见，否则你不会明白一个向日葵般蓬勃苗壮的生命同时又是多么脆弱，仅仅两秒！所有目睹的人脸色惨白，骇然泪落，仿佛那高空坠落的不是别人而是我们自己，只不过是借用了小刘的名字而已。

我至今记得很清楚，那天是5月30日。小刘成了人们关注的话题，从别人嘴里零星知道他有三个孩子，大儿子上了中学，很费钱。还有两个小的上小学。整个下午，我的脑子里反复出现那骇人一幕，我不知道他的孩子们将来会是怎样的命运。

第二天就再也没有人提起这个外出挣钱养家糊口的人，是的，谁也没提起。我呆呆站在窗前望见修葺一新的楼前人们忙着布置庆祝"六一"节晚会会场，他们已把昨天的血痕冲洗得干干净净，就像什么都没发生过一样。

趁一切都来得及

我去采访一个劳模，他住在一个十分偏僻的村子，那地方叫酒沟。家家户户会酿酒，初冬的时候，酒香溢满整个川道，附近的酒贩子、爱喝酒的人都到这里买酒。一大桶，一大桶的。

川外的人一听酒贩子吆喝："酒咧，酒沟的好酒。"不问贵贱纷纷来买，自己喝或者送人都十分好。

劳模的事迹，一上午就采访完了，剩下的时间，我们在村里闲转。路边山坡上有一块黑色的石碑，细端详上面的文字，原来是一个多年在外的兄弟为他的大哥所立。我们觉得奇怪：在我们这儿，一般是儿孙们才给长辈树碑的。

　　我便向村里人打听这事，年轻后生、媳妇都摇头。倒是一个放羊老汉知道，老汉说：老早老早，从河南逃荒过来了弟兄两个，顶着破草帽，挑着翻花的铺盖，停在这儿，不再继续向西。他们在村外搭了个窝棚，安了家。

　　冬去春来，一年一年，哥哥到了娶媳妇的年龄，可家里石灶石炕实在穷，又是外路人，没有人肯跟。后来好容易说定一个，说好300块钱的彩礼。恰好那一年弟弟考上了中学，为了供弟弟念书，当哥的一咬牙，退了婚。从此没了"相信"，好歹再没个媒人登门。

　　哥哥上山种地，下山背柴，冬闲酿酒挣钱供弟弟念书。这一方的人们也跟着学酿酒，从此人们管这儿叫酒沟。

　　弟弟的文化越念越高，哥哥的脊梁也越来越弯，弟弟上了大学，又去国外，哥哥还在黄土里刨食。弟弟写信回来说：工作忙，顾不上，等闲了回来看哥哥。哥哥就一个人站在高高的碥畔上，呆呆地望着那条白白的官路。

　　人是怎么也经不住岁月的打熬。哥哥老了，头上白雪皑皑，走路得拄着棍儿。那天下着大雪，外面的山崦和哥哥的头发一样白得耀眼，哥哥死了，眼睛闭不上。是村里人将他埋葬的。

　　多年以后，当了大官的弟弟从外面回来，长跪于坟前号啕大哭。然而，逝者永远逝去了，悔恨无法让一切重新来过。弟弟喃喃自语："总是说等闲了来看哥哥，怎么就等不上呢?"

　　我的眼前早已是一片模糊。我想起我总是说等闲了再去看父母，给父亲做一道他最爱吃的茄子煲，给母亲揉一揉经常发痛的脚踝；等闲了再领着孩子爬山，教她认识山野里各种各样的树木和花草；等闲了再给远方的亲人打电话；等闲了再给朋友写信；等闲了再认认真真读几本好书；等闲了再给爱人织一件毛背心……

　　我决定明天一定要"闲了"，趁一切都来得及快快去做想做的事。

表演生活

这是我生造的一个概念。具体意思是说：在特定环境中作为个体人的生活是以表演的方式进行着。

在我们的潜意识里，"自己"便是舞台上的演员，而"他人"便是观众，一切都是表演给"他人"看的。有两个专门用来评价人的行为是否恰当的词"丢脸"和"长脸"，一贬一褒意思相反但评价角度都是相同的。即都是以客体"他人"为视点评价"主体"行为。如同对一个演员演技好坏的评判是通过观众来实现的一样。

所以，为了"脸"便有了更多的表演，渗入到社会生活中的每一根毛细血管，甚至于渗入了我们的骨髓中，成为一种集体无意识的，遗传性的共同行为。

一个熟人给我讲过一件小事：有一家人结婚娶媳妇，他给人家帮忙负责开着车从女方家拉嫁妆，装了满满的一车贴着红双喜的家用电器，什么空调、冰箱、电视等。当他把车开到男方家院子里，扭头一看，车上的东西不翼而飞了。这才反应过来，原来全是空箱子，连忙回转车头去找。不料，纸箱子早被一个拾破烂的老头捡去，经过一番讨价还价，他才从老头那儿买回纸箱，重新装车开回男方家"装门面"去了。说到这里也许你已经明白了，其实女方的嫁妆早在结婚前送到了男方家，但结婚这天，还要特意如此这般一番，无非是想让众人"观看"到嫁妆的丰富，从而获得观众的艳羡，达到自己的心理满足感。也就是说，自己内心的满足感是通过别人的认可而实现的，这与舞台上的演员与观众的关系如出一辙。

在这里，我们可以清楚地看到：生活成为舞台下的另一场戏。

再讲一个故事，几年前我们随叔叔去给去世多年的祖母上坟。一路上大家都是有说有笑的，快到了祖坟跟前，叔叔的说笑戛然而止，他清了清嗓子，说了句："咱们开始哭吧！"我愣住了，只听叔叔拉开腔嘹亮地哭起来："妈妈啊……"一行人边走边哭，前去祭奠。完毕之后，回来也是边走边哭，等走到路口，叔叔说："好了。"立刻又开始说说笑笑。

其实，我们那天上坟途中是没有旁人的，不会有观众观看我们的"表演"。但是，我们还是"表演"得有板有眼，一丝不苟。在这里"表演"成为一种习惯，一种非如此不可的惯性力量，它的意义已不再被追问，而是成为一种生活的装饰，一种集体无意识的共同行为。

这种表演是让人感到痛苦的，它的意义缺席，它与心灵无关。然而，一旦成为一种公共行为之后，人人必须遵守，否则将会付出代价。比如，五代以来盛行的女子裹脚习气，那毫无美感又影响走路和干活的畸形脚，不知给多少女人带来了痛苦。为什么非如此不可？我想一定有人曾追问过这一行为的价值与意义，不难发现它价值的虚无与意义的缺失。但是如果一个女子不裹脚，就有可能一辈子嫁不出去。社会用这种方式惩罚了一个不盲从的人。于是，遵守游戏规则从而免遭伤害也就成为"表演"赢得的报酬。问题是人的心灵"天然地"对"真"有巨大的渴求，而"表演"势必要在脸上涂满各种油彩将真实隐去，让虚假大行其道。

"表演生活"获得了现实的利益，而丧失了心灵的释放和自由，也就是说"表演"是心灵的"裹脚布"。"表演生活"成为生活不可承受的痛苦，在生活中"表演"，在"表演"中生活，时间久了，连我们也不知道自己哪一刻是真的，哪一刻是假的。

灾难中的深情

5 月 12 日那天，天气晴朗得像一块蓝色水晶石。绵池镇一派平和、宁静，四围的山像翠绿的屏风，将这个世外桃源般的小镇拥抱在怀里。

初夏季节，正是农忙时候，朱能和妻子兰小妹一大早就到田里忙活，他们无法料到，这是他们最后一次下田。眼前平静安然的生活在几小时后陷入一场令人惊悸的劫难之中。

一望无际的麦子密匝匝、绿油油，眼看快要成熟了。望着自己的庄稼，朱能心里说不出的高兴。庄稼人看自己的庄稼就像看自己的娃子似的，总觉得自己的田比人家的长势更旺相；同样是麦子，自己的更密实、更饱满。他已经和兰小妹商量好了，等年下有了钱就到成都逛逛，开开眼界。

兰小妹长得并不漂亮，只是绵池镇上一个普通的农妇，但她勤快、麻利，每天除了和丈夫一块下地外还要操持家务，家里还喂养着几头猪和十几只鸡。他们的孩子大了，已经上了汶川中学。

下午两点多，正是一天里最热的时候，兰小妹直起腰擦擦汗，抬头看看天，天上还是不见一丝儿云彩，大太阳明晃晃地当头照着，那边山林里布谷鸟幽幽地啼鸣，在她听来好像在唱着"割麦插禾"。

忽然，大地剧烈地摇晃，瞬间山崩地裂、乱石翻滚，地底下传来可怕的隆隆声，山谷间腾起阵阵尘土。一块巨石挟裹着风声和泥土从山上呼啸而下，眼看就砸在兰小妹身上，朱能一个箭步扑上前护住……

100多个小时后，救援人员在巨石下将两具尸体清理出来，那个男人身体呈弓趴姿势，保护着下面的女子，而那女子紧紧地抱住男子，两人已经无法分开，救援人员只好将他们一起入殓……

如果有来生，他们一定还是一对夫妻。

千年前的庞贝古城，维苏威火山的喷发令一切在瞬间定格，考古科学家在一个普通民居里发现这样的场景：一具男子的骨殖呈紧张的弯曲状态，下面是一具女子的骨殖。显然灾难瞬间来临，逃生已无可能。瞬间，仅仅出于本能，那个男子用自己的躯体罩住了女子……灾难让他们保持着这样的姿态。1000年就这样过去了。

在庞贝古城的废墟里，死亡的姿态直接呈现着人心，诠释着爱情的分量。

十几年前，在我的老家陕北以北，考古发掘中出土了一处墓葬，墓中一男一女紧紧相拥。从骨殖可以看出男性高大，女性娇小，而且他们都很年轻，显然这是一起非正常死亡。这令考古人员感到困惑，说是夫妻合葬吧，又不合当地的风俗和礼制，若不是夫妻呢，可为什么要合葬一处而且紧紧相拥，这到底是怎么回事？

这些已经成为化石的生命无法言说那时发生的一切，考古是科学，没有可靠依据是不会下结论的。可我坚信他们是夫妻或者恋人，在一次意外灾难中死亡。

几千年后，当汶川大地震已经被人类遗忘，已变成化石的朱能和兰小妹也许会令后人感到疑惑——他们死亡的姿势是多么的奇怪啊！

然而，这一对普普通通的夫妻或许会成为后人解读先祖情感世界的一把密钥——即使死亡也无法让爱情退却！

而我们，这些劫难中的幸存者，从他们身上再次看到了爱情的真实存在。

在庸常的生活里，我们曾多少次怀疑过爱情的存在。太多的诱惑，太多的变迁。似乎爱情只是一种虚幻，犹如水中月、彼岸花，是永不能到达之境。

而在汶川地震中，我们却看到无数朱能和兰小妹这样用生命书写的爱情故事：

"我不行了，你快离开这里，照顾好咱们的孩子，好好活下去。"压在水泥板下的谭刚义对妻子朱芙蓉说。

都江堰金凤乡政府家属院里，一片断壁残垣，满目疮痍，到处都是被灾难撕裂的伤口。大地似乎还在疼痛中微微颤抖。

"刚义，不要放弃，马上就会有人来救你！"朱芙蓉向废墟中的丈夫谭刚义呼喊。地震中的废墟上，朱芙蓉坚守在丈夫的身边，不停地和他说话，生怕他昏迷过去。一直坚持到救援人员的到来。

同甘共苦本身就是一种幸福……

转眼一年过去，回想这些蘸着鲜血的故事，它们的核心都指向了爱情，但我不想用"爱情"这个词，因为它的分量太轻、太轻，我只好另找一个词来替代它。在我看来，也许"深情"这个词更能准确地表达那种深入骨髓、融入血液的情意。因其深，感情便有了沉甸甸的分量。因其真，它又是那么朴素无华。在平凡的生活里我们似乎感觉不到它的存在。可是在山崩地裂危难时刻，那挚爱就会迸发出巨大的勇气和力量，令天地动容。

香菱，偶然决定命运

香菱是《红楼梦》里最令人同情的一个女子。她天生美丽高雅，身为奴仆，竟爱上了诗词。粗通文墨的她为了学诗，挖心搜

胆、精血诚聚终于写出了"一片砧敲千里白，半轮鸡唱五更残"
这样的好诗。用贾宝玉的话说"老天生人，再不虚赋情性的。"
意思就是像香菱这样的女孩，天生就是写诗读书的料子。可是，
实际上她只是"呆霸王"薛蟠的一个性奴隶。

香菱的出生很高贵，也是名门望族之女。可是一个"偶然事
件"使她的命运彻底改变。从她一生的遭际中，我们可以看出人
的命运有时掌握在"偶然"手中。

关于这个命题，在莫泊桑的小说《项链》里也得到体现：漂
亮的卢瓦泽尔夫人只是因为想在舞会上出一下风头，就借了朋友
的一条钻石项链，不料项链在回家的路上丢了，为了偿还巨债，
她花了 10 年的时间。一个"偶然"，让她付出了沉重的代价。

如果说卢瓦泽尔夫人的悲剧源于她自身的弱点虚荣的话，那
么香菱则是太无辜了。

香菱原名英莲，是苏州城里甄士隐的女儿。这个甄家也是本
地的望族，甄士隐本人是一个读书人，每天吟诗作画，生活相当
优裕，是"神仙一流的人品"。如果按照生活应有的轨迹，英莲
（香菱）应该过一种衣来伸手，饭来张口的生活。而且父亲只有
她这样一个女儿，全家把她当作掌上明珠。一定会全力将她打造
成苏州城里一个才貌双全的名媛。

可是仅仅因为一个"偶然"，她的命运便全盘改变，不仅变
成了卑贱的奴婢，而且备受摧残，最后被薛蟠新娶的媳妇夏金桂
虐待致死。

具体说来，她的命运的改变，仅仅因为仆人霍启的一次"小
解"。多么荒唐、多么莫测的命运！

一年的元宵佳节，甄士隐让仆人霍启抱着 3 岁的英莲（香
菱）上街去看社火花灯。那霍启忽然想小解，就把她放在了一
家门槛上。片刻的工夫，对任何人来说都是无足轻重的一瞬间。
而英莲（香菱）的命运却被改变了——她被人贩子拐走了。

而她后来的一系列遭际，总让人感到仿佛与幸运隔着一层

纸。每次幸运都是开玩笑似的拍拍她的肩膀，然后掉头跑开。

当她 13 岁左右时，因相貌出众被人贩子卖给了青年公子冯渊。那冯渊也是对她一见钟情，眼看她就要跳出苦海了。谁料想命运又一次将她捉弄，她又被卖给了薛蟠。薛家仗着财势，竟将冯渊打死。而香菱从此就做了粗鄙不堪的"呆霸王"薛蟠的"屋里人"——既要为他提供劳务，又要提供性服务。

薛蟠不仅有一般纨绔子弟的习气，纵情声色犬马，日日赌博吃酒，而且更有一股天不怕，地不怕的浑劲儿，和人打架的事情经常发生。我们完全可以想见，和这样一个人在一起，香菱不啻在水火中煎熬。

但是，这还不是命运最残酷的地方，当薛蟠把夏金桂娶回家，香菱的大限才真正来临。善良柔弱的香菱哪里是泼辣狠毒的夏金桂的对手？不久就生生被她虐待致死。

一个原本应该安享尊荣的千金小姐，只因一个偶然事件，便沦为奴隶，让人嘘唏不已。

而与此相对应的是另一个人的幸运，她就是娇杏。《红楼梦》里花容月貌的不少，才华出众的不少，然而，大多命运不济。如果要说谁的命运最好，我认为当属娇杏。

这娇杏原来是甄士隐家的女仆，一日贾雨村来访，出于好奇多看了他两眼，绝对没有怀春的意味。谁料便被自作多情的贾雨村认作风尘知己，而系情于此。后来雨村发达了就纳娇杏为妾，更出乎意料的是，她的命运真是好上加好，没过多久正房夫人死了，她就顺理成章做了贾雨村的夫人。"偶因一回顾，便为人上人。"同是偶然，一个上天堂一个下地狱。谁的手能扼住命运的咽喉？

鸳鸯，没有未来的人

在《红楼梦》中，巴高望上是大多数仆人们的梦想，袭人为了当上贾宝玉的妾，顺利占据半个主子的位置，费尽心机地变着方儿笼络贾宝玉。心机极深的她，最高理想就是当上半个主子好向人争荣夸耀。为了巩固自己的地位她不惜陷害晴雯，使一个原本清白的女孩背着一个勾引主子的虚名白白送了命。在贾府，这种争斗处处都有，有了地位的拼命想保住，没有的又想拼命得到。如果谁能当了半个主子那就是天大的好事。

而鸳鸯是一个异数。

鸳鸯是贾府的最高统领者贾母的贴身丫头，专门伺候她的起居。包括王夫人，谁都不敢对贾母说不，只有鸳鸯敢，而且贾母也只听她一人的话。可见，她在贾母心目中的地位是很高的，就连王熙凤和贾琏也都要尊她一声"姐姐"。

作为一个奴仆，能有如此待遇，在明争暗斗的贾府没两下子真本事是不行的。鸳鸯不仅是伺候贾母周全，她的胆识也与众不同，"鸳鸯女无意遇鸳鸯"一节里，她无意中撞见了正在私下约会的司棋，作为丫头有这种事情，非同小可。司棋给她下跪，求她不要说出去。要是换了一般的人早就跑去邀功请赏了。但鸳鸯牢牢守住了这个秘密，她知道事关司棋的生死。可见她是一个特别有担当，特别讲情义的人，和那些只知道讨好主子的奴仆是完全不同的。

从"史太君两宴大观园"这一节里又充分体现了鸳鸯的机灵和做人的滴水不漏。为让贾母解闷，她和凤姐合伙导演了一出闹剧，让刘姥姥出尽了洋相。饭桌上一句"老刘老刘，食量大如牛：吃个老母猪，不抬头。"逗得贾府主子奴才笑翻了天，着实让贾母开心了几日。但是，事后鸳鸯主动向刘姥姥赔不是，待刘姥姥临走，又送她很多衣物药品，周济这个贫寒的农村老太婆。而刘姥姥也是世事洞明的人，她当然知道鸳鸯并不是存心要自己难堪，只不过是为了给贾母开开心而已，贾母一高兴，众人皆大欢喜。她又能得到贾府很多馈赠，何乐而不为呢？从中可以看出鸳鸯处世的周到，待人的平和，连一个贫穷的乡下的老婆子她也不会轻慢。

那么，她的长相怎么样呢？借邢夫人的眼睛，我们看到她"蜂腰削背，鸭蛋脸，乌油头发，高高的鼻子，两边腮上微微的几点雀斑"。用王熙凤的话说是"水葱似的"，难怪好色如命的贾赦都是儿孙满堂的人了还想着讨她来做小妾。

贾赦看上了鸳鸯，于是找邢夫人商量。邢夫人一心只知道讨好贾赦，怎敢不应允呢？她又主动来找王熙凤商量，王熙凤天天往贾母那里跑，对鸳鸯怎会不了解？知道鸳鸯素来是个极有心胸气性的丫头，不会答应这样的事。秉性愚弱的邢夫人急于讨好贾赦，竟亲自来说媒，她对鸳鸯说："你一进去了，就开了脸，封你做姨娘，又体面，又尊贵。"在她们看来，能做"小老婆"是主子给予的荣耀和恩赐，结果鸳鸯一言不发，给她碰了个软钉子。

贾赦不甘心，又找鸳鸯的嫂子说情，被鸳鸯骂了个狗血喷头："怪道成日家羡慕人家的丫头做了小老婆，一家子都仗着他横行霸道的，一家子都成了小老婆了，看的眼热了，也把我送进火坑里，我若得脸呢，你们在外面横行霸道。我要不得脸，败了时，你们把王八脖子一缩，生死由我去！"一番话既深刻又沉痛，小老婆表面的风光与处境的险恶，都被鸳鸯看得清清楚楚。

在其他人眼里，不费吹灰之力就得到半个主子的地位，真是意想不到的好事，鸳鸯似乎有点不识抬举了。

其实，鸳鸯对这件事如此之坚决与她的清醒是分不开的。整

个贾府钩心斗角,小老婆的地位相当尴尬,连小戏子也不把贾政的妾赵姨娘放到眼里。就是有头有脸的平儿,当贾琏两口子生气闹架,就拿她当替罪羊,你一巴掌,我一脚的。

更重要的是,贾府的男人们一味地贪色淫乐,用紫鹃的话说"就是娶个天仙来,也不过三五天的事,过后就撂在脖子后了"。他们怎么可能有真情呢?尤其贾赦已经是年过半百的人了,小老婆娶了一屋子,连贾母也看不惯他的好色。这些鸳鸯当然一清二楚,她怎么能相信贾赦会给她幸福?她怎么能相信这是一件好事?

鸳鸯是清醒的,她明确看到了自己的前程——那就是没什么前程。所以,作为一个妙龄女子,她能在贾母死了之后决然自缢。这不仅是对贾赦一干人的反抗,也是对无数和她一样的女子们共同的灰色未来的反抗。

鸳鸯是大观园里为数不多的清醒者,但这份清醒也是一种更加刻骨的悲哀。

平儿,夹缝中的艰难求生者

平儿,是王熙凤的贴身丫头,按照封建社会的规矩,王熙凤嫁给了贾琏,那么平儿也就自然而然地做了"通房丫头"。也就是说她既是王熙凤的心腹,又是贾琏的性伴侣。这样一来,她就处于一种非常微妙的境地:作为王熙凤的心腹,平儿就是凤姐的左膀右臂,那凤姐克扣丫头的月钱放高利贷,弄权铁槛寺,骗死贾瑞,逼死尤二姐等行径,平儿无一不知,甚至参与其中,因此难免遭贾琏的猜忌。作为贾琏的性伴侣,本身人又长得很美,又难免遭到王熙凤的妒恨。

刘姥姥一进荣国府，周瑞家的领她去见凤姐，平儿接待。刘姥姥看平儿插金戴银，花容月貌，差点儿错认是凤姐。连李纨也开玩笑说，王熙凤和平儿很该调个过儿。可见，平儿丝毫不逊于凤姐。因此王熙凤对她经常是醋意十足，用奴才兴儿的话说"平姑娘在屋里，大约一年两年之间两个（指平儿和贾琏）有一次在一处，他（指王熙凤）还要在口里掂十来个过子呢。"

王熙凤生日那天，因喝多了，要回家洗洗脸。半路得知贾琏趁她不在家，又和仆人鲍二家的媳妇鬼混，于是怒气冲冲回家捉奸，不料隔着窗子又听见自己的男人和那鲍二家的都赞平儿贤良，顿时醋意与怒气同时迸发，抬手就给了平儿两个耳光，而那贾琏被捉了奸，恼羞成怒，也拿平儿撒气，上去又踢又骂，逼得平儿几乎要寻短见。

可怜平儿一个极聪明极清俊的女子，却不得不劳心费神妥帖应对庸俗不堪的贾琏，强悍泼辣的凤姐，也真是一个苦命兼薄命的人。

但是在这样一种艰难境地中她还能应对自如，也真算得上一个极有本事的人。因为，她既没有使凤姐失去对她的信赖，也没有失去贾琏对她的宠爱。

尽管作为王熙凤的心腹，但她和王熙凤并不是一路人，她要比后者善良得多。尤二姐被王熙凤骗到大观园后，遭到百般折磨，天天吃人家的残茶剩饭，还要听贾琏新纳的妾秋桐的恶言恶语。只有平儿背过众人悄悄地前来照应。此时的尤二姐，被王熙凤撮弄得声名败坏，上至贾母，下至三等丫头们都知道了她做姑娘时就不稳妥，和姐夫不清不楚。人人躲之不及，对她充满了鄙夷，使她陷入孤立无援的境地，就连她的姐姐尤氏也不敢对妹妹有丝毫帮助。只有平儿同情这个可怜人，常常自己拿了钱给尤二姐弄点好菜吃，拿话宽慰她。

平儿怜恤尤二姐固然有同病相怜的意思，但是从中更能看出她的善良乃至勇敢。怪不得连奴仆兴儿也说她的好话"倒是跟前的平姑娘为人很好，虽和奶奶一气，他倒背着奶奶常做些个好事"。

在大观园里，众丫头中聪明的人很多，漂亮的也很多，但兼而有之且通情达理的不多。一个不识字的丫头能这样懂进退知分寸，实在委屈她当了丫头。

第五十六回"敏探春兴利除宿弊，贤宝钗小惠全大体"中，王熙凤因病不能理家，李纨、探春、宝钗三人协助理家。探春她们革除了家里许多项白白靡费银两的项目，从学堂里念书的公子哥儿们的每人每月八两银子到小姐们的头油脂粉钱，收拾料理园子的费用等，说一项平儿对答一项，指明凤姐也都想到了，只是另有原因不能办，而且都是体恤大家的意思。不亢不卑，巧妙应对。她口才之伶俐，态度之周全令人钦佩，就连城府很深的宝钗也禁不住夸赞她。

当然，生活在大观园这样一个等级森严的地方，平儿的性格也不可避免地沾染了很多奴性，比如，"喜出望外平儿理妆"一节里，平儿挨了王熙凤夫妇的打，哭成了个泪人，李纨一干人百般劝解不得法。贾母出于对凤姐的偏爱，怕平儿闹气惹主子不高兴，就派人传递了一句宽慰的话，平儿立刻就觉得脸上生辉，刚刚所受的侮辱和摧残顿时烟消云散。

可以说平儿是大观园里的众多丫头中最具大家气象的一个。她的公正与善良还有出众的才能使这一形象充满了独特的魅力。

尤二姐，美丽对于弱者是一种祸端

《红楼梦》中美丽的女子不少，然而谁也没有尤二姐的结局悲惨，究其原因，贾琏的薄情，王熙凤的狠毒都在其次，首先是她自己的原因。

先讲一个故事：小时候听大人讲狼是怎样把猪从圈里骗出来

吃掉的。黑夜，狼从猪圈的外墙跳进去，再刁嘴巴拱开圈门，然后，狼给一头沉睡的猪搔痒，猪舒服得哼哼唧唧，四蹄伸展，而后，狼轻轻咬住猪的耳朵令其起身，并用尾巴轻轻赶猪。早已丧失了警惕的猪迷迷糊糊跟着出了猪圈。等走到了旷野，狼突然张开血盆大口，一口咬断猪的咽喉。可怜的猪到死都不知道是怎么回事。

如果说猪的祸端起自于肥美，那么尤二姐的祸端首先起自于美丽——弱者的美丽是危险的。

尤二姐是一个很美的女子，当王熙凤把她领到贾母面前时，贾母戴着眼镜仔细鉴赏了半天说："更是个齐全的孩子，我看比你还俊些。"而王熙凤的美丽，早在林黛玉过贾府时就已经浓墨重彩地介绍过了——比她还俊，读者不难想象尤二姐的姿容。

就是这样一个绝色，死得极其窝囊。

尤二姐出身比较贫寒，与贾府沾点亲，那一年，贾敬死了，宁国府办丧事，尤二姐和母亲、妹妹来帮忙照看屋子，这时才与贾琏相识。贾琏是一个典型的浮浪子弟、风月场上的老手。自然对这等美艳的女子不会放过，装着来看望尤老娘，借机厮混。在"浪荡子情遗九龙璧"一节里，他偷偷丢给尤二姐的一枚九龙璧像一个鱼钩，牢牢钩住了尤二姐。尤二姐并不是看不懂纨绔子弟惯常用的这一套把戏，只是她有自己的想法。在她看来，自己这样一个生活在下层、衣食用度全靠姐夫贾珍供养的人，能让贾琏对自己感兴趣，可以算得上是喜出望外了——即使做人家的二房，瘦死的骆驼比马大，怎么也比寄人篱下强呀。就这样，爱慕荣华富贵的她用美貌和贾琏做了一笔交易，贾琏支付的报酬是为她置买房舍，让她过上了优裕的生活。

一切看上去很美，像所有恩爱夫妻一样，此时此刻她很幸福。

然而，纸里包不住火，她的命运以王熙凤的造访而滑下深渊，为了把情敌先攥到手心，王熙凤像狼给猪挠痒痒一般先给尤二姐挠了一番"痒痒"：一再哀求尤二姐和她搬到园子里，同吃

同住，共同伺候二爷。并乞求二姐在贾琏面前替她多说好话，不要让贾琏将她扫地出门。一行说，一行哭。说得尤二姐信以为真，放松了警惕，将先前贾府下人兴儿关于王熙凤的介绍"嘴甜心苦，两面三刀。明是一盆火，暗是一把刀"，忘得一干二净。心怀侥幸地自以为那是奴才编派主子。由此可见，她是一个很糊涂的人。和尤三姐生活在同样的环境里，尤三姐对男人们的逢场作戏是洞若观火，对姐姐的命运也早有预料：势必有一场大闹，不知谁生谁死。而她偏偏以为自己真的那么幸运：一是碰上了一个可以依靠终身的有情郎，二是碰上了一个贤良和气的姐姐——王熙凤。按说"福无双至"，一个幸运已经难得，何况两个？

这与生活中有些现象多么相似，有的人总以为自己比别人幸运，很多恋爱中的女孩都有这种心理：他虽然很花心，但他对别人都是假的，只有对我是真的。别人说他不好是嫉妒，其实他很好。试想，天下哪里有那么多的好事都让她碰上？正如有些塑料花比真花还艳丽。虚伪的人，虚伪的情看上去比真的还像真的。就这样，被一番华丽的辞藻灌得晕晕乎乎的尤二姐糊里糊涂地被骗进了一个预先张开的口袋。

当她进了贾府，马上就尝到了王熙凤的厉害：先制造了一场"官司"，从舆论上毁坏尤二姐的名声，使她陷入"先奸后娶，无人抬举"的境地。从生活上折磨她，缺吃少喝，任人蹂躏。而贾琏的热情也像六月里的雪，很快消失得无影无踪。

尤二姐，这个被侮辱与被损害的弱女子的死亡也就是迟早的事情了。

在这个美丽的女子短暂而凄凉的一生里，我们可以看到，美丽是多么靠不住的东西，用美丽换取的幸福犹如阳光下的雾气，顷刻消散得无影无踪。

对于弱者，美丽有时是一种祸端。